DIE PEST ZU MARSEILLE

VON

CARL SPINDLER

AF201259

DIE PEST ZU MARSEILLE

Eine Novelle

CARL SPINDLER

Impressum:

© 2020 Conrad Thiess (Hrsg. u. Bearb.)

Herstellung und Verlag: BoD – Books on Demand, Norderstedt.

ISBN: 978-3-75192-263-0

DIE PEST ZU MARSEILLE

1.

DIE Abendsonne flimmerte heiter durch die grünen
Vorhänge des gotisch gewölbten Fensters und auf den
Steinplatten des Fußbodens wie auf der blanken Schie-
fertafel des mächtigen Tisches spiegelte sich der bunte
Schimmer der Wappen, die den Fensterbogen schmückten.
Friedliche Ruhe, eine wahre Sabbatfeier herrschte im Ge-
mach, und bekrönte die Stirne der Bewohnerin desselben.
Die Mutter und das Kind leuchteten von freundlicher
Verklärung. Die kleine Rosa war die Königin des stillen
Festes, und die Mutter selbst noch jung und reizend wie
eine Maiblume, bediente wie ein demütiges Hoffräulein
die geliebte Tochter. Eine niedliche Mahlzeit, bestehend
aus allen Leckereien, die in der Levante erzeugt werden,
stand auf dem Tische: Feigen, Trauben aus Chios, köstliche
Zuckerwaren von Damaskus, eingemachte Früchte aus
Griechenland, und daneben der einheimische frische Ho-
nig, das lockende weiße Brot, dessen Anblick schon die
Gaumenlust reizt und verführt. Zwischen diesen Herrlich-
keiten lagen Blumen zerstreut, woran sich das Auge der
kleinen Rosa ergötzte, während ihr Ohr entzückt und be-
friedigt den Schmeichelworten lauschte, die in süßem
Geflüster von den Lippen der Mutter strömten. – Die alte
Margarethe, da sie in die Türe trat, und das holde Schau-
spiel gewahrte, fühlte sich davon ergriffen, war gleich
Empfindsamkeit nicht ihre Sache, und betrachtete einige
Minuten schweigend Mutter und Kind. Die schöne Clemence bemerkte die alte treue Dienerin und sagte lächelnd zu

ihr: „Tritt näher, liebe Freundin, und feiere mit uns den Tag, den ich so festlich begehe, als meine klösterliche Einsamkeit es erlaubt. Er ist meiner Rosa Geburtstag, und du weißt, daß ich verbunden bin, so viele Blumen auf den Lebensweg dieses teuren Wesens zu streuen, als mir Ärmsten möglich ist: wäre es auch nur darum, dem unschuldigen Kinde sein Dasein weniger schwer, weniger dunkel zu machen. O möchte es mir einst nicht um seiner Geburt willen zürnen!"

Clemence schwieg mit einem tiefen Seufzer, und senkte das Haupt in ihre weißen Hände. Die harmlose Rosa winkte mit lebhafter Ungeduld der alten Wärterin, und sagte mit den unvollkommenen Lauten ihrer schwachen Jugend: „Komm, liebe Gouthoun, setze dich her, erzähle mir, und ich gebe dir die schönste Rosine, die mir die Mutter schenkte." – „Danke bestens, herzallerliebste Rousoun. Was soll ich dir aber erzählen?" – „Ach, sage mir das Märchen von dem bösen Drachen; es ist so schauerlich, und ich fürchte mich so gerne." – „An deinem Geburtstage? Nein, mein liebes Töchterlein. Ich will dir lieber einen Schwank erzählen: von dem Gaukler, der bald ein Mensch war, und dann wieder ein Pferd, und endlich als eine Distel von dem Kamel gefressen wurde." – „Nein, nein, du langsame Gouthoun: von dem Drachen will ich hören, wovon du mir nur einmal erzählt hast." – „Meinethalben, wenn du's nicht anders haben willst: Es war einmal eine arme Frau, von Beaucaire gebürtig, die hatte eine hölzerne Schüssel in die Rhone fallen lassen, und lief trostlos am Ufer hin und her, und jammerte wegen des Verlustes, denn sie hatte kein Geld, um eine andere Schüssel wieder zu kaufen, und kein Fischer wollte sich bequemen, das Gefäß wieder umsonst vom Grunde empor zu holen. Deshalb war sie in Verzweiflung, weil ihre Kinder zu Hause hungerten, und vergeblich auf die Klostersuppe warteten, welche die Frau zu holen gegangen war. Da erschien ihr plötzlich in ihrem Jammer der grimmige Drach von Tarascon, ein entsetzliches Ungetüm mit grünem Schuppenleib, roten Augen und goldgelben Fledermausflügeln, welcher in der Rhone Wohnung und Nest hatte. „Was heult du?" fragte der Drache und schnaubte dabei wie ein Blasebalg: „Ich vertrage das Weinen nicht, und fresse dich zur Stunde, wenn du nicht in meine Dienste treten willst. Ich habe einen Sohn, der einer Wärterin bedarf, weil er kaum aus dem Ei gekrochen ist. Geh mit mir, mein Kindlein zu pflegen, oder du bist des Todes." Darob erschrak die arme Frau sehr, und klagte, was wohl aus ihren eigenen Kindern werden möchte, wenn sie mit dem Drachen ginge. Sofort blinzelte das Ungeheuer mit den funkelnden Augen und faltete die schillernde Stirnhaut, als ob es nachdächte, schwenkte die blutrote Zunge, die ihm wie eine lange Wimpel aus dem Rachen hing, hin und her, sträubte den Hahnenkamm auf seinem Kopfe, kratzte sich mit der Greifenklaue hinter dem borstigen Ohr, und erwiderte: „Für deine Kinder will ich sorgen, aber setze dich geschwind auf meinen Schweif, sonst stirbst du zur Stelle." Die arme Frau tat, wie der Drache geheißen, und fuhr mit ihm blitzschnell in die kalte Rhone hinunter, bis auf den Grund, wo zwischen Felsen und Sandbänken des Ungetüms Nest war. Darinnen saß der kleine Drache, und spielte mit des armen Weibes hölzerner Schüssel, und ringsherum standen Korallengewächse, so groß wie Bäume, in deren Zweigen und Ästen die Gerippe derjenigen Menschen hingen, welche der alte Drache zu seiner Nahrung verspeist hatte. In diesem greulichen Schlosse diente das arme Weib dem Drachen sieben Jahre lang, und fütterte sein Junges, bis es stark auf wuchs, um selber auf den Raub ausgehen zu können. Der Vater des Basilisken versorgte indessen die Wärterin und sein Kleines mit allen Leckerbissen, die von den Menschen teuer bezahlt werden. Eines Tages brachte der Drache eine saftige Aalpastete in das Nest, und sprach vergnügt: „Teile diese Pastete mit meinem Sohne; so er aber davon gegessen hat, so bestreiche mit dem Fette des Fisches seine beiden Augen, damit er unter dem Wasser hell sehe, und jedes Zauberblendwerk durchschaue. Nachher ist deine Arbeit zu Ende, und ich will dich reich beschenkt wieder auf die Erde bringen." Des freute sich das Weib außerordentlich, und es tat, wie ihm befohlen; nur, als der Drache einen Augenblick den Rücken wendete, wollte die Frau ihre eigenen Augen mit dem Aalfette bestreichen, und es gelang ihr mit dem linken, ehe noch der Drache dazu kam und sie daran verhinderte. Nun sah sie zwar alle Schätze und Zauberdinge, die unter den Fluten verborgen liegen, aber es half ihr nicht viel, weil der Drache wiederum schnell mit ihr in die Höhe sauste, und sie am Strand absetzte. Er ließ einen Beutel bei ihr zurück, der war voll von blankem Golde, und sie lief spornstreichs nach Beaucaire, ihre Kinder aufzusuchen. Aber sie fand ihr Haus verödet, denn der böse Drache hatte nicht Wort gehalten und ihre Kinder waren gestorben, bis auf eines, welches ein Nachbar zu sich genommen, um es zu pflegen. Doch war das Kind die lange Zeit von sieben Jahren hindurch um keinen Zoll gewachsen, und als die weinende Mutter den Beutel herauszog, um dem Nachbar seine christliche Pflege zu vergelten, so war darinnen statt des Goldes nur eine Menge von kalten und feuchten Kieselsteinen. Da weinte und jammerte das Weib nur um so heftiger, und konnte sich lang nicht mehr trösten, und suchte drei Jahre lang vergebens an den Ufern des Flusses den garstigen Drachen, um von ihm zu erhalten, daß ihr einziges Kind gedeihen möchte. Da kam die große Messe von Beaucaire heran, wo viele tausend Menschen aus allen Nationen zusammentreffen; und unter diesen Menschen befand sich auch der alte Drache, weil er durch Hexerei vermochte, ein menschliches Antlitz anzunehmen. Wie seine ehemalige Kammerdienerin seiner ansichtig wurde, erkannte sie ihn trotz Federhut, Goldstoffweste und Brillantschnallen, weil sie mit dem linken Auge alle Zauberei durchschaute, und sagte zu ihm: „Guten Tag, Herr Drache. Seid Ihr auch hier, und wie befindet sich Euer Sohn? Ihr habt mir schlecht Wort gehalten, meine Kinder verhungern lassen, mein letztes zum Zwerge verflucht, und meinen wohlverdienten Ammenlohn in Stein verwandelt. Wenn Ihr nicht auf der Stelle alles ersetzt, warum Ihr mich betrogen, so lasse ich Euch fangen und das Parlament wird Euch verbrennen.“ Darob war der Drache bestürzt, fragte aber mit heuchlerischer Ehrlichkeit: „Wenn ich auch derjenige bin, wofür du mich hältst, und wenn ich auch geneigt wäre, alles zu tun, was du begehrst..., wie ist dir's möglich, mich unter dieser Perücke zu erkennen?“ Dabei klimperte das Ungeheuer mit dem vielen Gelde in seinen

Taschen, und das einfältige Weib wurde so betört, daß es dem Drachen sagte, wie es seinem linken Auge zu der scharfen Sehkraft verholfen. Da verwandelte sich plötzlich die schöne, fette, mit vielen Ringen geputzte Hand des Drachen in seine wüste Greifenklaue, welche hitzig aus der Spitzenmanschette fuhr, und der betrogenen Frau das linke Auge unbarmherzig auskrallte. Da stand sie nun, blutend und leidend, und um sie her lief das Marktgewühl in vollem Gedränge, und sie konnte den Drachen nicht mehr herausfinden, mußte hilflos nach Hause tappen, fand ihr Kindlein im Sterben, und ist wahrscheinlich auch schon lange vor Gram gestorben, wenn ihr nicht die heilige Martha ein längeres Leben erbeten hat."

Die kleine Rosa, erfüllt von der Angst, die der Kinder höchste Freude ist, wenn sie nach grausigen Märchen begehren, schmiegte sich fest an die ernsthaft blickende Mutter, und fragte mit banger Neugierde: „Sage mir, Gouthoun, lebt der böse Drache noch?" – „Nicht doch, Rousoun. Die heilige Martha hat dem Ungeheuer den Kopf zertreten, aber die bösen Menschen, Rousoun, diese sind die eigentlichen Drachen dieser Welt. Da laufen sie verkleidet und vermummt unter den guten Leuten herum, versprechen, was sie nicht zu halten gedenken, finden ihr Glück in fremdem Unglück, und zerfleischen uns mit ihren Krallen, wenn wir so unvorsichtig find, uns in ihre Gewalt zu geben."

Die Philosophie der alten Margarethe war dem Kinde zu hoch; es wendete sich gleichgültig von der Erzählerin zu seinen Blumen, zu seinen Früchten. Aus den Augen der nachdenkenden Clemence perlten aber helle Tränen, und

Margarethe sah den blendenden Tau, und wischte ihn von der blassen Wange der jungen Mutter mit den Worten: „Nehmen Sie mir nicht übel, daß ich unbesonnenerweise sagte, was Sie betrübt. Ich hätte Ihr wundes Herz nicht aus den Augen verlieren, nicht vergessen sollen, daß Sie ja selbst das Opfer eines bösen verkappten Drachen wurden, dessen Ränke Ihr Leben vergifteten. Aber verlassen Sie sich darauf: es lebt eine Vergeltung, und, wo er sich auch befinde, der gewissenlose Malatesta, nirgends wird er einer frohen Stunde genießen. Ich möchte der Todesstunde dieses Elenden nicht beiwohnen."

Clemence erwiderte sanft: „Betrübe mich nicht durch solche Härte. Die Gnade des Himmels ist ja unerschöpflich; warum predigen wir um unserer Schwäche willen der Nachsicht so bedürftig, Unversöhnlichkeit gegen den Beleidiger? Ich teile deinen Haß nicht. Hat auch Malatesta schlimm genug an mir gehandelt, daß die Liebe schwand, die mich einst in seine Netze verlockte, so verwünsche ich ihn doch nicht. Er ist ja dieses Kindes Vater, und einen teureren Schatz als meine Rosa besitze ich auf Erden nicht mehr, seit das heilige Haupt der Eltern sich unwiderruflich von mir wandte. Die Trennung von ihnen, die ich unaussprechlich liebte, war mein härtester Kampf auf Erden; ich habe ihn überstanden. Eine schwerere Prüfung vermag der Himmel nicht zu senden."

Margarethe nickte schweigend, und versetzte nach einer langen Pause: „Ihre Eltern verdienten nicht eine Tochter, wie Sie es waren, Madame. Ich kenne ja Ihre ganze Jugend. Sie waren stets der gefühllosen Strenge Ihres Vaters, der leichtsinnigen Gleichgültigkeit Ihrer Mutter, dem rohen Übermut Ihres Bruders preisgegeben. War es denn ein Wunder, daß der glattzüngige Genueser Sie berückte? Sein Anstand, ein gleißendes Benehmen, bestach zu seinem Vorteil. Er glich, obschon ein einfacher Buchhalter, einem vornehmen Herrn, einem Prinzen, während unsere Herrchen von Marseille den Bootsleuten nicht unähnlich sind. Ach, unter den Matrosen geht es weit ehrlicher, weit frömmer und christlicher her. Wenn ich meines guten Stephan gedenken... er war ein braver Mann, und ich hätte als eine Königin nicht zufriedener sein können, wie an der Seite meines biederen Stephan. Dem grausamen Seeräuber von Tunis, der meinen Mann auf dem Verdeck seines Schiffs erschoß, möge es auch in Ewigkeit nicht gut gehen! Mein Ehestand kommt mir jetzt nur vor wie ein kurzer Traum, obwohl er 25 Jahre gedauert hat, und ich wünsche manchmal, daß ich nicht angefangen hätte, ihn zu träumen. Ich wäre dann beständig Ihre Nachbarin geblieben, Madame Clemence, Sie hätten mir Ihr Verhältnis mit dem Italiener vertraut, vier Augen hätten besser gesehen als zwei, und das Blendwerk hätte nicht stattgefunden, dem Sie Ihr Unglück verdanken."

„Wohl möglich, liebe Gouthoun, aber mein Verhängnis wollte mein Unglück"; erwiderte Clemence. „Ich trage alle Schuld. Ich täuschte meine Eltern, überschritt ihre Gebote. Dem tyrannischen Zwange, Malatesta zu meiden, gehorchte ich nicht, ließ mich hinreißen von dem Strudel der Leidenschaft, und wähnte mein Zartgefühl und mein Gewissen verwahrt, als ich in dunkler Nacht vor dem Altare das Gelübde aussprach, und priesterlichen Segen empfing."

„Die Schlinge des Teufels!" antwortete Margarethe kopfschüttelnd: „er triumphierte durch sein Blendwerk. Arme Frau, noch erinnere ich mich lebhaft des Tages, wo ich nach Marseille zurückkam, eine gebeugte trostlose Witwe, Trost und Hilfe in Ihres Vaters Hause suchen zu wollen. Ich meinte nicht, an Ihnen zur Trösterin werden zu müssen. Aber am selben Tage war der Schleier von Ihrer Schwäche, die Hülle von Malatestas Freveltat gefallen. Im Begriff, Mutter zu werden, standen Sie da, verlassen von dem Verführer, der treulos übers Meer nach der Heimat flüchtete; verhöhnt von dem schadenfrohen Volke, welches die Täuschung schon erfahren, der Sie unterlagen; verstoßen von Ihren Eltern, die alle Menschlichkeit auf ewig auszogen. Wahrlich, ich war dazumal die einzige Freundin, welche treu an Ihnen hielt, bis der wackere Herr Foulques, ein weitläufiger Vetter Ihrer Eltern, aber näher mit Ihrem Herzen verwandt, als jene, Ihrem Unglück ein gastfreundliches Haus auf immerdar öffnete."

„Meinen wärmsten Dank für deine Treue, die mich auch bis zur Stunde nicht verließ!" rief Clemence voll Empfindung: „Dem tugendhaften Foulques kann nur der Himmel vergelten. Gott erhalte ihn lange zum Heil meines Kindes, wenn ich nicht mehr auf dieser Erde bin. Gott lenke auch das Herz seines Sohnes, daß er mein Kind nicht gänzlich verlasse, wenn meines Wohltäters graues Haupt zur Grube fährt. Ich glaubte mich noch reich da Malatesta mich verließ; das Parlament von Aix, indem es meine Ehe ungültig erklärte, raubte mir alles, die Würde einer Ehegattin, meinem Kinde seinen Stand, seinen Vater, seine ehrliche Geburt. Was soll aus der Verlassenen werden, wenn ich sterbe, wenn Foulques hinübergeht, wenn Victor sich kalt von der fremden Waise wendet?"

„Darum fluche ich eben dem Schändlichen, der all dies Unglück verschuldete!" eiferte Margarethe mit heftiger Gebärde. „Jenes Gaukelspiel, jene Entheiligung geweihter Stätte und priesterlichen Dienstes, gab Ihnen den Todesstoß. Das Parlament mußte das harte Urteil fällen. Es hilft Ihnen freilich nichts, daß Malatestas Diener, der spitzbübische Raoul, der bei jener Farce den Priester machte, auf des Königs Ruderbänke geschmiedet wurde, aber ich wünschte aus voller Seele, daß der Verführer selbst, gebrandmarkt und geschorenen Hauptes die Casaque des Galeerensklaven trüge, und an der Seite seines Spießgesellen die schwere Kugel schleifte."

„Schweige doch!" rief Clemence erschüttert: „Laß die Gespenster der unglücklichen Vergangenheit in ihrem Grabe, rufe sie nicht herbei zu diesem unschuldigen Gastmahl, verschone das Ohr dieses harmlosen Kindes, dessen Geist noch nicht der feindlichen Welt angehört, dessen Sinne in diesem Augenblick noch unzugänglich sind unserm Schmerz, unserm Haß."

Clemence und Margarethe, der süßesten Teilnahme hingegeben, umarmten die lächelnde Rosa, saugten Ruhe und Milde aus den leuchtenden Augen des Kindes, und überhörten fast das harte Klopfen, das sich an der Türe vernehmen ließ, worauf die Türe alsogleich geöffnet wurde. Der Sohn des alten Foulques, Victor, ein junger Seemann von herkulischer Gestalt, in der nachlässigen, etwas phantastischen Tracht seines Standes, kam herein und bot guten Abend. Clemence wurde rot wie die aufblühende

Rose, das kleine Mädchen klatschte vergnügt in die Hände, Margarethe schob geschäftig einen Stuhl an den Tisch. Victor, der in Worten und Gebärden sein rauhes Handwerk nicht verleugnete, so wenig als die rücksichtslose Heftigkeit seiner Landsleute im Süden, rückte mit dem Fuße den dargebotenen Stuhl weg, und lehnte sich vertraulich auf den Tisch, mit der kleinen Rosa kindisches Zeug plaudernd. In dieser Stellung verletzte er sich an dem linken Arm, der in der Binde hing, und verschluckte nur mit Mühe eine barsche Verwünschung, die über eine Zunge fuhr. „Habt Ihr noch viel Schmerzen an Eurem wunden Arm?“ fragte Clemence zögernd und mitleidigen Blicks. – „Bei allen Teufeln, ich leide nicht wenig“; versetzte Victor und runzelte die Stirne: „es ist, als ob der vermaledeite Säbel, der mir die Wunde schlug, vergiftet gewesen wäre. Ist's mein unruhiges böses Blut, das die Heilung hindert, oder hat eine Hexe das Los über mich geworfen? Ich weiß nicht, aber ich muß noch immer ein Krüppel sein, und knirschend zusehen, wenn meine Gefährten auf dem Meere ihre Kraft üben. Ich komme just von der Höhe bei Notre Dame de la Garde, wo ich mein Schiff in die See schwimmen sah. Ich starrte ihm nach, bis es, ein schwarzer Punkt, am Horizont verschwunden war, und schlich dann, verdrossen wie ein Invalide, zum Hafen hinab. Kein Wunder, daß auf den Hafendämmen die Bäume nicht gedeihen; es weht hier eine faule Luft, außer wenn der Mistral bläst, der Herz und Keim und Wurzel abtötet.“

„Ihr macht Euch krank durch solche Unzufriedenheit“, sagte Clemence mit sanftem Vorwurf, „und wart doch selbst schuld, daß Ihr die Wunde empfingt. Ihr gesteht ja selbst, daß Ihr den Malteser Steuermann gereizt."

„Freilich; ich hatte zu viel Wein getrunken"; antwortete Victor mit einiger Beschämung: „Ich hatte deine Gesundheit ausgebracht, meine hübsche Base, wer aber ein Weib lobt, hat immer Unglück."

„Pfui, Meister Victor", schallt Margarethe: „Ihr sprecht doch keine zehn Worte, worinnen nicht ein Schimpf gegen die armen Weiber enthalten wäre."

„Was kann ich dafür, alte Gouthoun? Leider ist es wahr, was unsere Sprichwörter sagen: Frisch Brot, viele Weiber und grünes Holz richten das beste Haus zugrunde."

Die Türe ging wieder leise auf, und ein bleiches weibliches Gesicht, mit einer schwarzen Binde über dem rechten Auge, blickte gespenstig herein, zog sich aber schnell zurück, da es den jungen Foulques gewahrte. „Wer da?" rief Victor, und drehte sich rasch gegen die Türe, die wieder in das Schloß schnappte. – „Es war Bertrande, Eure Schwester"; antwortete Clemence etwas verlegen, und Gouthoun schlug ein großes Kreuz gegen die Türe. Victor kehrte sich gelassen um, und sagte, die Mundwinkel spöttisch aufziehend: „Was wollte die Fledermaus? Noch ist's nicht dunkel genug für den lichtscheuen Kauz. Oder hast du Bertrandens Besuch erwartet, Base Clemence?"

„Nicht doch, Vetter Victor. Wohl aber tut mir's leid, daß Eure Nähe so störend und schreckhaft auf das arme Mädchen wirkt. Sie flieht vor Euch, wie vor dem bösen Feinde."

„Keineswegs"; lachte Victor mit gutmütigem Spott: „ich weiche ihr aus, wie Mutter Eva der Schlange hätte ausweichen sollen. Wir alle im Hause sind froh, wenn uns das tückische Geschöpf in Ruhe läßt; du allein, zärtliche Base, entschuldigst und verhätschelst sie. Man merkt gleich, daß ein galanter Franzose in deines Vaters Hause Hofmeister war. Seine weichen Grundsätze fanden trefflichen Boden in deiner Seele."

„Laßt doch den guten Abbé Severin friedlich im Grabe ruhen, Vetter Victor. Er war ein braver Mann, und Ihr seid doch ebensogut Franzose, wie er."

„Davor behüte mich Gott!" rief Victor mit zornigem Gesichte: „Wir sind freie Bürger von Marseille, regieren uns selbst, und haben dem König nur erlaubt, unser Protektor zu heißen, weil wir es gerade für gut fanden. Ich habe dich gerne, Base Clemence; ich kann dich mehr leiden, als irgendein Weib auf Erden, aber einen Franzosen mußt du mich nicht heißen. Dagegen will ich deinen Lehrer in Frieden lassen, und dich bedauern, daß dein Herz so weich erschaffen wurde, um für ein Geschöpf, wie Bertrande ist, einige Regung zu fühlen."

Margarethe versetzte lächelnd: „Ihr könnt um so leichter Eurer Base den Fehler vergeben, als sie in der Familie die einzige ist, die ein weiblich empfindsames Herz besitzt."

„Ja wohl", lachte Victor und schüttelte der schönen Base treuherzig die Hand: „dein Bruder Maximin ist schon nicht deines Schlags. Ich kann ihn nicht ausstehen, er ist mir in den Tod zuwider, und ich fühle mich versucht, ihm das Messer im Leibe umzudrehen, so oft ich ihn nur von ferne sehe; aber dennoch ist er ein echter Mann von Marseille, auflodderndes Pulver, hart, wie der Kiel eines Kriegsschiffes, und spröde, wie ein nasses Tau. Solche

Burschen verstehen freilich nicht zu lieben noch zu schmeicheln, aber stehen mit Leib und Seele ein, wo's gilt."

Ein Kanonenschuß donnerte von ferne. Die Weiber erschraken, und Margarethe fragte: „Was bedeutet denn das Signal? Soll der Hafen geschlossen werden, und es scheint noch so lustig die Sonne?" – Ein zweiter, ein dritter Schuß erdröhnte. Victor antwortete ruhig: „Der Ritter von Orleans wird in den Hafen zurückkehren. Er kommt von Genua, wo er seine Schwester, die Braut des Prinzen von Modena, ihrem Gemahl auslieferte. Ich sah heute die Schiffe auf der Höhe des Schlosses If; die Blumenketten, womit sie bei ihrer Abfahrt von hier geziert wurden, schmücken noch die Masten und die königlichen Flaggen. Die Musikchöre an ihrem Bord trompeteten lustig, und die Einfahrt in den Hafen verspricht heute den lockeren Marseillern ein neues Fest, als Beschluß der Feierlichkeiten, worinnen sich die gute Stadt vor wenig Tagen zu Ehren der Braut berauschte."

Die kleine Rosa faltete ihre Händchen, und bat die Mutter mit kindischer Beredsamkeit, mit ihr zum Hafen zu gehen, um den Einzug der Schiffe und die Freuden der prächtigen Musik nicht zu versäumen. – „Da haben wir die Neugierde des Weibervolks", sagte Victor achselzuckend: „kaum vermag das Kind zu lallen, und schon begehrt es nach Pfeifenklang, Fackelschimmer und Volksgewühl."

„Solche Feste verjüngen selbst das Alter"; meinte Margarethe, Victors Worte tadelnd: „Es soll sein, wie du verlangst, herzige Rousoun, ich trage dich auf den Kai, und Mama Clemence geht mit uns, um sich wohltätig zu zerstreuen." – Das Kind jubelte und warf sich in die Arme der Wärterin, Clemence griff nach dem Schleier. Victor wollte sich mit stummem Kopfnicken entfernen, als die liebliche Base freundlich seine Hand ergriff, und schmeichelnd bat: „Erlaubt, daß die arme Bertrande mit uns gehe. Das bedauernswerte Mädchen verläßt kaum das Haus, und Zerstreuung wäre niemanden notwendiger, als gerade ihr." – Victor versetzte: „Du legst es darauf an, mich um meine gute Laune zu betrügen, aber des Menschen Wille ist ein sanftes Kissen. Mir kann's recht sein, wenn du dich nicht an der Seite der Vogelscheuche schämst. Du brauchtest wahrlich nicht die rothaarige, einäugige, hinkende und stammelnde Dame in deinem Gefolge zu haben, um der Stadt zu beweisen, daß du schön bist wie ein Blumenstrauß am St. Johannistage." – „Ihr beleidigt mich, Vetter Victor"; sagte Clemence empfindlich, und zog ihre Hand zurück. – „Das wollte ich nicht"; erwiderte Victor ruhig: „Tue was du willst, Bertrande mag heute einen lustigen Abend feiern. Man sagt freilich, daß eine Dirne, die sich oft am Fenster und auf dem Spaziergange zeigt, keine gute Hausfrau werde; doch hoffe ich, daß niemand die gute Bertrande in die Verlegenheit setzen wird, das Gegenteil zu beweisen; sie gehe darum mit dir. Gib auf deinen Beutel mehr acht, als auf meine schöne Schwester; wenn dir ein Taler und Bertrande gestohlen würden, so wäre es gerade nur um den Taler Schade."

Mit diesen Worten ging Victor hinaus, und Margarethe rief: „Sollte man denn glauben, daß unter dieser rauhen Hülle, unter diesen groben Sitten und Spottreden das edelste Herz verborgen sei? Aber so sind unsere jungen Herren, daß Gott erbarme. Was Bertrande betrifft, so hat

Herr Victor meistens freilich Recht. Auch mir ist die Person zuwider, aber schon um des Geschlechtes willen ziemt es uns, sie manchmal vor den ungeschliffenen Männern in Schutz zu nehmen."

Clemence, in den spanischen Schleier verhüllt, Margarethe, die kleine Rosa auf den Armen, gingen über die Hausflur. Bertrande schloß sich da selbst an die Frauen an. Ihr grotesker Anzug, dem einer Büßernonne nicht unähnlich, erhöhte noch die Reizlosigkeit ihrer Gestalt. Eine schwarze Mantille verbarg unvollkommen die rötlichen, struppigen Haare, und umgab sehr unvorteilhaft die schmalen blassen Wangen, das eingefallene, mit Sommersprossen besäte Gesicht, welchem das graue Auge, das einzige, das unverletzt aus der Blatternkrankheit hervorgegangen war, gerade nicht zur Zierde diente. Der große Mund mit fahlen Lippen paßte zu dem Ganzen. Den langen dürren Hals verhüllte notdürftig das graue Kleid, das weit und bauschig über die mageren Glieder fiel, und mit dem Saume auf dem Boden schleppte, damit der durch Krankheit verkürzte Fuß nicht gesehen werden konnte. Der Gang war hinkend, trotz der kleinen Krücke, womit Bertrande ihre Schritte zu unterstützen suchte. Die mißgestalte Figur hing sich schwer und schleppend in den Arm der schönen geduldigen Clemence, und legte mit vieler Zögerung den kurzen, aber etwas steilen Weg vom Hause bis zum Hafen zurück. Waren Bertrandes Füße schwerfällig, so rastete doch ihre Zunge nicht, wenngleich oft im Feuer des heftigen Gesprächs ein widerliches Stammeln und Schluchzen die Rede unterbrach. Jedem Worte Bertrandes war überdies der Stempel einer tief aufquellenden unversiegbaren Bitterkeit aufgedrückt, leises stachelndes Gift träufelte aus jeder ihrer Bemerkungen in das Ohr der Zuhörerinnen. Die körperlichen Mängel des Mädchens, und der moralische Zwang, dem es im Vaterhause unterlag, hatten ein reiches Feld voll Unkraut gesät, das wuchernd aufging in jedem Blick von Bertrandes Auge, in jeder Silbe aus ihrem Munde. Die Luft wehte lau, und Bertrande wünschte den gefährlichen Mistral herbei; das Getümmel des Volks wogte lustig auf den Hafengestaden, Barken flogen wie rüstige Pfeile vom Arsenal zur Altstadt, von der Tiefe des Hafenbeckens nach der Mündung desselben, die Flaggen und Wimpeln schwammen bunt und fröhlich in der Höhe, der Kanonendonner des Forts St. Nikolaus rief mit hundert Stimmen Freude und Jubel über die Stadt, die Glocken des uralten Doms brummten vom Ufer in das kriegerische Getöse; vor dem Rathause, vor der Loge der Kaufleute tummelte sich halb Marseille, und Fröhlichkeit war die Losung; – Bertrande schaute finster und höhnisch in die allgemeine Wonne, und betete, daß der Himmel doch plötzlich ein Erdbeben hereinbrechen lassen möchte, um Hafen und Volk zu vertilgen, oder einen Brand, der die Stadt verzehre, wie eine Fackel, oder mindestens einen Orkan, der die Schiffe mit Mann und Maus in die Flut begrübe, und die Häuser von Marseille samt Kirchen und Palästen niederrisse. – Die mitleidige Clemence, die einzige, die es freundlich meinte mit dem tückischen Kobold, wurde nicht von seiner bösen Zunge verschont. Als die Schiffe des Großpriors von Malta im Hafen sich vor Anker legten, mit farbigen Lampen und Kränzen geschmückt, sagte Bertrande: „Sie kommen von einer glücklicheren

Hochzeit, als die deine gewesen, Clemence." – Ein kleiner Zug von geputzten Leuten verließ den Dom. „Siehst du?" sagte Bertrande zu Clemence: „sie haben ein Kind taufen lassen, ein ehrliches, eheliches Kind. Nicht allen Leuten wird's so gut." – Als Clemence sich zürnend abwendete, kam vom Stadthause ein majestätischer Ratsherr, und ging mit einem Seitenblick auf Clemence, finster und trotzig vorüber. Clemence hatte ihn nicht gesehen, aber Bertrande stieß sie an, und rief: „Da geht dein Vater, der Herr Dinart, der dich durchaus nicht mehr kennen will. Das hat man davon, wenn man das vierte Gebot verleugnet." – In diesem Augenblick stand ein bettelnder Galeerensklave von zwei bewaffneten Chiourmewächtern begleitet, vor den Frauen und hielt die blecherne Büchse hin. Clemence errötete sehr, und Margarethe warf hastig einen Sou in die Büchse, dem Sklaven heftig winkend, sich zu entfernen, aber Bertrande sagte ganz laut zu Clemence, die vor Scham kaum wagte, die Augen aufzuschlagen: „War das nicht Raoul, der bei deiner Narrenhochzeit den Pfaffen machte."

In Tränen ausbrechend wendete sich Clemence schnell um, und Margarethe fuhr im höchsten Zorne mit den Worten heraus: „So wäret Ihr doch lieber zu Hause geblieben, Demoiselle Bertrande, als hier Eurer letzten Freundin den Dolch so boshaft ins Herz zu stoßen! Ihr seid ein böses Mädchen, und Euer Gift ist heute noch einmal so gefährlich als sonst, weil Ihr auf jenen Schiffen Leute seht, die von einem fröhlichen Brautfeste kommen; Ihr werdet niemals ein solches Fest feiern, und das ärgert Euch, und

Ihr möchtet alle verpesten, die schöner sind als Ihr und die auf einen Gatten Anspruch machen dürfen."

Auf Bertrandes leichenweißem Gesicht dämmerte violette Röte auf. Die Neidische stotterte unverständliche Worte, bis sie endlich vernehmlicher wurde, und vor Zorn bebend erwiderte: „Ich habe gescherzt, altes hämisches Weib; so Ihr aber meinen Spaß nicht verstehen wollt, so will ich zukünftig im Ernst mit Euch reden. Ja, die Pest auf Eure Zunge, auf jene Schiffe! Die Pest über die ganze Stadt, meinetwegen! Warum sollte ich denn die Welt lieben und hätscheln, während sie mich haßt und mißhandelt? Die Pest über die ganze Welt, noch einmal. Wer weiß, was geschieht. Ihr lacht, weil ich hinke? Aber auch die Strafe hinkt, und sie wird Euch elendes Gezücht früh oder spät ereilen!"

2.

Der Sommersitz des alten Dinart, eines der vier Stadthauptleute von Marseille, nahm unter den gegen die Vista hinanliegenden Bastiden eine der höchsten Stellen ein. Das Häuschen war klein und einfach gebaut, weiß angestrichen gleich den übrigen Landhäusern, und auf einer nicht allzugeräumigen Terrasse war gerade nur Platz für ein Paar Weinstöcke und einige Olivenbäume, die wenig Schatten abwarfen. Demungeachtet ging es dort lustig her an Sonn- und Feiertagen, weil gewöhnlich eine leichtsinnige und fröhliche Gesellschaft in dem engen Besitztume zusammentraf: Am Tage wehrten Fensterschirme von Fliegengarn dem Andrang der Hitze und dem Besuche lästiger Insekten; die kühlen hellgestirnten Abende lockten die

Gäste auf die schmale Terrasse, wo dann nicht selten die Zither erklang, der Galoubet gellte, und lachende Jünglinge und Mädchen die Farandola tanzten. Der alte Stadthauptmann, obschon bei Jahren und nicht sehr rüstig von Gesundheit, hatte das leichte Blut seiner Jugend bewahrt, hatte es seinem Sohne mitgeteilt, und, wie früher eine Gattin vollkommen nach seinem Sinne, so auch später eine Gesellschaft von Freunden nach seinem Herzen und Gefallen gewählt.

Die Nachfeier des Johannisfestes im Jahre 1720 wurde auf Dinarts Bastide begangen. Verlassen stand das Haus des reichen Mannes am Corso der Stadt; auf der schlichten Bastide prahlte der Luxus seiner Tafel, die Pracht seiner Gerätschaften, woran die edelsten Stoffe und Metalle verschwendet waren. Wie an den dem Marseiller so heiligen Weihnachtstagen war die Mahlzeit bestellt. Den obersten Platz am Tische, dessen feines Linnen, zwischen den goldenen und silbernen Schüsseln mit Orangenblüten bestreut, entzückend duftete, nahm der Herr des Hauses ein, ohne Umstände in bequeme Campagnetracht gekleidet; zu seiner Linken seine Gattin Agathe, in Marseille berühmt durch Putz sucht und Hang zur Verschwendung; zu seiner Rechten die außerordentlich schöne und mit größter Lebhaftigkeit des Körpers und des Geistes ausgerüstete Cassandra, die Tochter des reichen Barante, dessen Korallenhandel weltberühmt war. Das reizende stolze Mädchen hatte den Bewerbungen von Dinarts Sohne nachgegeben. Beide waren verlobt, Barante und seine Tochter wurden schon als Familienglieder betrachtet. Dem Stadthauptmann gegenüber, gereiht an den Korallenhändler, saßen einige Ratspersonen von Aix, bekannte Feinschmecker von Profession, und neben der angenehmen, sehr jungen Tochter des Ritters Roze der königliche Kaufmann von Marseille, Georg Roux, ein geborener Korsikaner, dessen kühner Spekulationsgeist und außerordentliches nie veränderliches Glück dazumal alle Meere und Weltteile mit seinem Rufe erfüllte. Auf diesem Manne, so wie auf dem reichen Barante ruhte mit vorzüglichem Wohlgefallen der Blick des Stadthauptmanns, und Maximin, der den Zeremonienmeister und Wirt vorstellte, war angewiesen, jene Herren vor allen aufmerksam zu bedienen; ein Geschäft, welches der junge Mann, selbst mit Zurücksetzung seiner Braut, nicht versäumte. Er hatte sich die Keckheit und auch den Übermut des verwegenen Glückskindes Roux zum Vorbilde gewählt.

„Das Jahr scheint günstig werden zu wollen"; begann Dinart mit behaglicher Redseligkeit: „Wie viele Schiffe haben Sie draußen auf dem Meere, mein lieber Freund Roux?" – Der Gefragte richtete die Augen wie in Zerstreuung nach der Decke des Zimmers, trommelte mit den Fingern auf dem Tisch, und erwiderte: „Ich weiß in der Tat nicht. Ich habe die Liste nicht genau im Kopfe. Ein Dutzend mögen es sein, und ihre Ladung ist für dieses Jahr sehr bedeutend." – Barante sagte hierauf: „Ihr seid ein kleiner König, Gevattermann, und ich denke, daß Ihr im stillen mit den Barbaresken einen Traktat abgeschlossen, weil noch nie gehört wurde, daß ein Korsar sich nur an die geringste Tartane gewagt hätte, so Ihr mit Euren Waren befrachtet."

„Das ginge mir noch ab"; lachte Roux mit hochmütigem Spott: „Ich verschwende weder einen Heller an die Herren von Algier und Tunis, noch eine geweihte Kerze an den lieben Gott und seine Heiligen, und dennoch lassen mich Seeräuber und Stürme ungeschoren. Das Glück ist alles in der Welt, meine Freunde. Wer einmal durch kühnes Wagnis die buhlerische Fortuna bezwungen, mag ruhig schlafen. Selbst der Sturm regnet ihm Gold ins Haus." „Recht; das ist die Sprache, die einem Handelsfürsten geziemt"; meinte Barante lächelnd: „Ihr seid an das gewaltige Geschäftsgetümmel schon gewöhnt. In meinem stilleren Gewerbe, wo das Gold nicht strömt, sondern nur rieselt, mag eine kleinlichere Berechnung wohl verziehen sein."– Cassandra, von der Bescheidenheit ihres Vaters gekränkt, fiel ihm, lebhaft ins Wort: „Tun Sie doch nicht so demütig, mein Vater. Als ob Ihr Haus sich nicht mit einem jeden messen könnte! Lassen Sie unserm kühnen Freunde seinen stürmischen Wirkungskreis, seine Triumphe in allen Himmelsstrichen, und danken Sie Gott, daß eine ruhigere Laufbahn Sie zu demselben Ziele führte."

Roux, obschon von den Bemerkungen der Dame widerlich angeregt, machte gute Miene zum bösen Spiele, und versetzte mit Geistesgegenwart: „Mein Gevatter bestizt freilich einen Schatz, den mir Fortuna nicht verlieh: eine Tochter, die, ein Wunder der Schönheit, auch durch ihre männliche Seele verdiente, über einen Thron zu gebieten."

Maximin mischte sich in das Gespräch, indem er mit stolzer Selbstgenügtheit sagte: „Hat auch kein Fürst um Cassandra geworben, wenn sie es gleich wert gewesen wäre, so hoffe ich doch, daß sie mit ihrer Zukunft nicht unzufrieden sein werde." – „Dank sei es der heiligen Jungfrau!" setzte Madame Dinart hinzu, im selben Tone wie ihr Sohn: „Uns fehlt nichts, und das Glück hat uns gesegnet, wie wir es nur wünschen konnten. Wir besitzen drei Häuser in der Stadt, viele Ländereien im Gebiete, einen Teil an der Zollpachtung, der feine guten Zinsen trägt, Olivenpflanzungen bei Aix..." – „Pflanzungen, die erst neuerlich Ratswegen sehr hoch geschätzt wurden"; schaltete ein Syndikus von Aix ein. – Mit strahlendem Gesichte nahm der Stadthauptmann das Wort: „Genug, wir sind nicht die ärmsten Leute in Marseille. Es erquickt aber mein Herz, daß meine reiche Habe, Grundeigentum sowohl als bewegliche Kapitalien, die Frucht meiner unablässigen Arbeit und Mühe gewesen ist. Wir stammen eigentlich aus einer Fischerfamilie, deren Wohnsitz in dem schmutzigsten Teile der Altstadt sich befindet. Der Name unserer Stammfamilie ist einer der ältesten in der Stadt und wir schreiben uns nicht unwahrscheinlich von den Phocern her, die zuerst an unserm Strand eine Kolonie gründeten. Meinem Vater schon war das gemeine Leben zuwider, dem sich unsere Familie hingab. Er fühlte sich zu Höherem berufen, und verließ die rohe Sippschaft, die uns deshalb noch heutzutage grollt. Eine kleine Bedienstung bei der Stadt war alles, was mein Vater errang, doch hinterließ er mir seinen Geist, sein Streben, und ich führte nicht ungeschickt aus, was er begann. Im Alter freue ich mich jetzo meines Werks, weil ich es ohne die geringsten Mittel unternahm." – „Das ist auch mein Fall"; jauchzte Roux Beifall klatschend, und Barante setzte fröhlich hinzu: „Auch der meinige, bei Gott!" Die drei Männer reichten sich über den

Tisch die Hände, und Dinart rief: „Wer vermögte unser Glück darnieder zu stürzen? Ich halte mich für unüberwindlich, da ich mit einem Barante durch die Bande der Verwandtschaft, mit dem berühmten Roux durch innige Freundschaft verknüpft bin." – „Wir haben's uns sauer werden lassen in der Welt!" entgegnete Roux mit freudigem Ungestüm: „Jetzt ist die Zeit, zu genießen. Lassen wir dem gemeinen Volke seine Leiden, seine verdrießliche Unzufriedenheit. Auf Erden kann nicht ein jeder glücklich sein; wohl uns, daß wir unter den Auserwählten sind" – „Ohne Sorgen gelebt, so spät als möglich gestorben!" rief Barante mit lüsternem Gelächter: „Wer sein Leben versäumt, ist ein Tor; über das Grab hinaus währt keine Freude!"

„Sie werden sich diese Grundsätze merken, und beständig danach handeln, wenn Sie mich lieb haben!" scherzte mit ausgelassener Lustigkeit Cassandra, ihrem Verlobten die Hand reichend. – „Sorge nicht, liebe Schwiegertochter"; antwortete statt des lachenden Maximins die von Lust und Eitelkeit glühende Mutter: „Mein Sohn ist seines Vaters Ebenbild, und ist nie einer Freude wie auch nie einer Gefahr aus dem Wege gegangen." – „Dreifach glücklich derjenige, der an seinem Sohne Freude erlebt!" sagte Roux, ein Glas schwingend: „Der meinige ist Major in dem Dienste des Königs, und wird es noch zum Marschall bringen." – „Mein Albert hat ein Etablissement auf Martinique", bemerkte Barante mit wichtiger Miene, „und mein Felix, ein geschickter Kaufmann, führt meinen Handel im Norden mit vielem Erfolg." – „Ich darf mich nicht rühmen, die Welt gesehen zu haben"; sagte Maximin mit eitlem Trotze: „In diesem Punkte stimmten meine Wünsche mit dem Willen meiner Eltern nicht überein. Doch setze ich meinen Stolz darein, ein wackerer Bürger meiner Vaterstadt zu sein."

Gleichsam wie entschuldigend fügte der alte Dinart hinzu: „Meine Frau liebte den Buben zu sehr, als daß sie die zarte Jugend desselben den Gefahren einer weiten Reise hätte aussetzen wollen; da er älter geworden war, schien seine Anwesenheit im väterlichen Hause doppelt nötig, weil wir unsere Tochter dazumal verloren." – „Sie haben den Tod einer Tochter zu beweinen?" fragte eine der fremden Magistratspersonen mit phlegmatischer Kondolenz. – Hierauf wurde des Stadthauptmanns Stirne rot vor Zorn, und Maximin drehte sich unwillig auf dem Absatze um, nach dem Dessert rufend. Cassandra zog ein höhnisches Gesicht, und die übrigen Gäste, die Tochter des Ritters Roze ausgenommen, schauten mit peinlicher Verlegenheit auf ihre Teller. Frau Dinart brachte jedoch alles wieder ins Gleichgewicht, da sie dem Fremden mit vollkommenster Ruhe erwiderte: „Gestorben ist nun so eigentlich unsere Tochter nicht, aber dennoch tot für uns. Wir haben nie in unserer Familie schlechten Wandel geduldet, und der Himmel gab uns genug des Gleichmuts, um den Verlust mit Gesundheit zu ertragen."

Die leichtsinnige Mutter vermochte es über sich, zu lächeln, indem sie diese Worte sprach, und wendete sich, der Konversation eine andere Richtung zu geben, an das neben ihr sitzende Fräulein Roze: „Sie essen ja nicht, meine Liebe; doch sind diese Früchte vortrefflich, und der süße Muskatwein verdient wahrlich nicht, von Ihnen verschmäht zu werden."

Währenddessen setzte Cassandra das vorige Thema fort, indem sie ihren Verlobten mit gerümpfter Nase vertraulich fragte: „Ich habe von dem Skandale gehört, den Ihre Schwester verschuldete, mein Freund. Wo hält sich die Person jetzt auf?" – Maximin antwortete schnell und verdrießlich: „Wo sie vollkommen an ihrem Platz ist, in dem Hause unsers Vetters Foulques, der unseres Stammes angenehme Sitten nie verleugnete, und ein Häuptling der Lazaroni von Marseille ist. Der Mann und sein Sohn sind Vorbilder gemeiner Lebensart, und jedes ihrer Worte schmeckt nach Teer und Hafenschlamm."

Das Fräulein von Roze sprang hastig vom Stuhl auf, und rief, nach dem Fenster deutend: „Mein Vater! dort kommt mein Vater!" – Maximin eilte dem Gaste entgegen, die reichen Kaufleute rührten sich nicht von ihren Sesseln, während die Ratsherren von Aix aufstanden, mit Ehrfurcht den Mann zu begrüßen, der des Königs Konsul in Modon gewesen war. Cassandra hielt aber das Fräulein, welches dem Vater entgegenlaufen wollte, zurück, indem sie mit vornehmem Übergewicht zu der jüngern Freundin sagte: „Bleibe doch, du liebe Unschuld, das schickt sich nicht." Frau Dinart rief mit vielem Gepränge nach einem Sessel, nach goldenem Becher und Besteck für den Gast, der alsogleich die ganze Schwere des bürgerlichen Reichtums empfinden sollte.

Der Ritter von Roze, um seiner Verdienste willen mit dem Kreuze des Lazarusordens geschmückt, ein feuriger schöner Mann von 50 Jahren, erschien ohne alle Zeremonie in der Gesellschaft und begrüßte die Anwesenden nur leicht hin, weil eine wichtige Idee oder eine ungewöhnliche Begebenheit seinen Geist beschäftigte, wie nicht schwer zu erkennen war. Dinart empfing ihn freundschaftlich, bedauerte, daß ihn seine Geschäfte bisher der lustigen Tafelrunde entzogen, freute sich aber zugleich, daß der Ritter pünktlich sein Wort gehalten, beim Dessert sich einzufinden. – Der Ritter unterbrach die Beredsamkeit des Stadthauptmanns, indem er mit einiger Hast sagte: „Ich hätte beinahe mein Wort nicht gehalten; meine Ungeduld hielt mich zurück, aber mein Geist bedurfte der Zerstreuung, und darum unternahm ich den Spaziergang hieher. Meine Herren und Freunde, es tut mir leid, Ihre Fröhlichkeit zu stören, aber der besonnene Mann verläßt ja ohnehin gerne den vorübergehenden Genuß des Augenblicks, wenn ein unabsehbares Unglück über ihn und seine Mitbürger hereinzubrechen droht; ein Unglück, das vielleicht noch durch die vereinigten Bemühungen aller echten Vaterlandsfreunde abgehalten, erstickt werden kann."

Die Gesichter aller Gäste wurde lang und blaß, und erwartend, ja selbst unwillig, hafteten ihre verdüsterten Augen auf dem Störenfried. Die Frauen waren die ersten, die um deutlicheren Aufschluß baten. Der Ritter sprach mit ernster Kürze: „So lange war ich von meiner Heimat entfernt auf fremden Gestaden, daß mir das Herz pochte vor freudiger Sehnsucht, als ich mich zu Livorno auf leichter Feluke einschiffte nach dem teuren Vaterlande. Mir schien es eine gute Vorbedeutung, daß unmittelbar vor meinem Fahrzeuge die Schiffe des Ritters von Orleans nach Marseille segelten. Hätte ich geahnt, daß in dem Gefolge des Brautführers das Verderben schwamm, ich hätte wahrlich keine Freudentränen vergossen. Zwei Schiffe, Levantefahrer, unter dem Kommando des Kapitäns Chataud, dunkel, ungeheuerlich und verödet aussehend, zogen neben uns dem Hafen von Marseille zu. Unsere Fragen an die Schiffe wurden genügend beantwortet, der Kapitän führte Gesundheitspatente mit sich; aber das Grauen, das mich unerklärlicherweise befiel, als ich jene schwarzen öden Schiffe auf den Wellen herangleiten sah, bestätigte sich. Diese Fahrzeuge haben aus Syrien die Pest mit sich gebracht, die schon im Lazarett mehrere Arbeiter tötete, und sich bereits in dem Schoße der Stadt selbst das erste Opfer erkoren hat."

Die Damen sprangen mit einem Angstruf von den Stühlen auf, und die Herren sanken in die Lehnen ihrer Sessel zurück. Der Ritter, welcher im nächsten Augenblicke den lauten Ausbruch des Entsetzens befürchtete, fuhr mit gedämpfter Stimme klug ermahnend fort: „Ich bitte Sie von Herzen, Ihr Staunen zu mäßigen. Lassen Sie den Dienern nichts merken; es gibt Dinge, die dem Volke so lang als möglich ein Geheimnis bleiben müssen. Gebildete Leute und aufrichtige Patrioten wissen zu schweigen und im stillen zu handeln. Es ist gefährlich, die Furcht und den Aberglauben des Pöbels zu entfesseln, der ein solches unvermeidliches Unglück für eine Strafe des Himmels ansieht, oder es mit frechem Trotze leugnet, bis es zum unheilbaren Verderben würde. Der Magistrat von Marseille scheint diese Wahrheit erkannt zu haben, denn er hat noch für heute Abend eine geheime Sitzung anberaumt, und der Bote, welcher Herrn Dinart dazu einladen soll, wird nicht säumen."

Kaum hatte Roze geendet, als wirklich der Huissier erschien, und die Ladung brachte, die den Stadthauptmann nach dem Rathause beschied. Die gleichgültige Miene dieses Menschen, der selbst von dem Beweggrund der außerordentlichen Ratssitzung nichts wußte, machte den verschiedensten Eindruck auf die Versammlung. Die Angst der Damen mehrte sich, und sie nannten den Boten nach seinem Weggang einen schauerlichen Leichenansager; die Herren hatten in seiner kalten Gleichgültigkeit neue Fassung gewonnen. Roux behauptete mit der seltensten Zuversicht, daß ihm und den Seinigen die Seuche nichts tun würde, Barante erhob Zweifel gegen die Zuverlässigkeit des Gerüchts, Dinart leugnete die Krankheit ganz. Mit verdrießlichen Mienen machte er sich fertig, nach der Stadt zu fahren, und sagte dabei: „Keine Seele wird mich glauben machen, daß wir die Pest in unsern Mauern haben. Wofür hätten wir unser gesundes Klima, dem sogar die Fremden nachreisen, wie einer Verjüngungsquelle? Wofür die Nähe des Meers, dessen Ausdünstung so wohltätig die Luft reinigt? Wofür endlich das Lazarett, das mit so vieler Vorsicht verwaltet wird? Pah, solche Gerüchte sind nur Hirngespinste irgendeines hungrigen Arztes, der eine neue Krankheit erfinden möchte, um seinen Beutel zu füllen; nichts als blinder Lärm, eine neue Mississippi-Spekulation. Was wird's sein? Arbeiter, die im Lazarett starben, während die Warenballen auslüfteten? Ei nun, das geschieht oft. Wir haben alle Augenblicke ähnliche Fälle in der Kontumaz, und allemal wird dort die Ansteckung vertilgt. Oder ein Sterbefall in der Stadt, der Aufsehen erregt?" – „In der Vorstadt St. Lazare"; antwortete Roze ernsthaft und bestimmt. – „Schon recht"; lachte Roux, daß er sich den Bauch hielt: „das miserabelste Gesindel der Stadt hockt dort aufeinander, wie man Heringe in die Tonne preßt. Da hat irgendein Lastträger seinen Magen an faulen Fischen oder schlechten Würsten verdorben, hierauf viel von dem roten schlammigen Wein getrunken, den unser Pöbel so sehr liebt, und ist am Ende an Ekel und Rausch verstorben. Tut nichts, meine Herren; wenn auch unter dem Gelichter ein bösartiges Fieber einrisse, und ein bißchen in jenen Quartieren aufräumte, es läge nichts daran. Wir haben schon viel zu viel Tagediebe in der Stadt, und die Gebrechen jenes Gesindels verschonen immer die anständigen wohlhabenden Leute." – „Ja freilich, ja wohl, Gott sei Dank!" riefen im Chor die Frauen, Barante und Maximin, leichtsinniger Sorglosigkeit sich überlassend, und Dinart setzte abschied nehmend hinzu: „Es ist fatal, das solch' einfältig Geschwätz mich um einige Stunden dieses fröhlichen Abends betrügen muß. Ich werde viel Langeweile ausstehen, meinen Kollegen zuhören, die gegen Windmühlen fechten, und nach aufgehobener Sitzung noch ebenso klug sein wie jetzt." – „Erlauben Sie, daß ich mit meiner Tochter Sie nach der Stadt begleite"; sagte der Ritter Roze, den der Unglaube dieser Leute unangenehm berührte. Mit einem Scherze, der nicht ohne Tücke war, erwiderte Madame Dinart: „So schmerzlich wir es empfinden, daß Sie uns Ihre werte Gesellschaft entziehen, so wissen wir doch, daß ein kräftiger Magnet, in der Person der schönen Frau Tellier, Sie zur Rückkehr zwingt. Das Hochzeitsfest wird doch bald gefeiert werden?"– „Ich denke"; antwortete der Ritter mit kalter Verbeugung, und folgte dem Stadthauptmann, die Tochter am Arm. Die übrige Gesellschaft blieb beisammen, mit frivolem Gespräch und eitlem Kartenspiel die Zeit zu töten; nur die vorsichtigen Herren von Aix, denen bei dem Namen der Pest unter den schweren Perücken etwas warm geworden war, schickten in aller Stille nach ihrem in der Stadt zurückgebliebenen Wagen, um ohne Verzug nach der Vaterstadt abzureisen.

3.

Es war gegen das Ende des Monats Julius. Schwüle Hitze lag erstickend in allen Gassen, auf allen Gestaden von Marseille. Kein Lüftchen rührte sich und der Horizont hing voll dünner grauer Schleier. Der Abend, der sonst ein fröhliches Getümmel auf Straßen und Plätze lockte, schien seinen Zauber verloren zu haben. Es drängten sich zwar große Menschenmassen hie und da zusammen, aber die Tausende flüsterten nur statt des lauten Geplauders und blickten ängstlich und verwirrt umher, statt mit gewohntem Übermut, mit gewohnter Lüsternheit. Die wohlhabenderen Klassen, die sonst in bunten Reihen auf den Wällen, auf dem Corso, am Hafen spazierten, waren nicht zu sehen. Sogar an den Fenstern der Häuser zeigten sich wenige Gesichter, aber in der Umgegend der Stadttore preßte sich ein Gewühl von Pferden und Wagen, das schon in der Mittagsstunde begonnen, und immer zahlreicher und dringender geworden war. War der Feind im Angesichte des Hafens? Hüllte einer schweren Feuersbrunst dampfende Lohe die Häuser von Marseille ein? Erschütterte ein Erdbeben die Grundfesten der Stadt. – Ach nein; Marseille war ruhig, dumpf und still wie ein Grab, und der Sturm, welcher darinnen aufgären sollte, lag noch unausgebrütet im Keime. Die Flüchtlinge an den Toren liefen vor dem stummen Tode, dessen Sense, dessen blutige Spuren sie noch nicht einmal gesehen; alle jene Augen, die aus den flüchtigen Wagen, von den jagenden Rossen und Maultieren herab, scheu abgewendet von der süßen Heimat, in die Ferne starrten mit ängstlicher Hoffnung, mit banger Zuversicht – sie hatten noch nicht einmal von ferne das Gespenst geschaut, dessen Eintritt in die Stadt die Zaghaften verscheuchte. In den Häusern der Reichen war der Tod noch nicht zu Gaste gesessen, über ihre weichen Betten hatte er noch nicht sein Leichentuch gebreitet; nur hie und da hatte er im Sumpfe gearbeitet, gleichsam wie zur Vorübung, und nicht einen Streich gegen die Zedern geführt. Sein Besuch war nur den Hütten der Armen zuteil geworden, in den engen schmutzigen Straßen des Elends hatte er seine Lieblinge gezeichnet, und nur zu dem Ohre des armen dürftigen lebenssatten Mannes war der Friedensgruß des morgenländischen Fremdlings gedrungen. Gerade dieses Volk aber konnte nicht fliehen; es war gebannt an die Stätte, wo es geboren. Darum knirschte es, da es die Flucht der Reichen sah, da es zu ahnen begann, wie eine Quelle nach der andern für seine Bedürfnisse versiegen würde, in einer Zeit, wo Hilfe ihm so nötig gewesen wäre. Alle Geschlechter dieses gemeinen, leidenden und gedrückten Volkes liefen zusammen, Grimm im Herzen, dumpfe Verwünschung auf der

Zunge, um sich zu beraten, sich zu trösten, um Beistand zu begehren. Wenige dachten ans Beten, obschon am selbigen Tage der Bischof von Marseille in eigener Person eine Prozession durch alle Kirchen und Straßen führte, um mit heißen Gebeten des Himmels Barmherzigkeit zu erflehen. Dem heiligen Zuge, den singenden Priestern und hochgetragenen Reliquien folgten nur steinalte Männer, abergläubische Weiber, viele schon in Trauerkleidern um schnell gestorbene Verwandte und Freunde; endlich die Schulen der Stadt, aufgeboten zu solchen Prozessionen. Die Kräftigeren aus dem Volke sahen nur mit Erstaunen, was sich um sie her begab. Die starken Leute, abgehärtet durch rauhe Arbeit, durch gefahrvolle Seezüge, durch das schwere Gewerbe der Korallenfischerei, fragten sich verwundert, was denn im Werke sei? An das Dasein einer beginnenden Seuche glaubten sie alle nicht. Die einzelnen verdächtigen Todesfälle in der großen Stadt erregten nicht ihre Aufmerksamkeit. Sie vertrauten der Sorgfalt ihres Vigniers[1], ihrer Konsuln und Schöppen, ihrer Zunftmeister und Prudhommes, die noch immer hartnäckig schwiegen; sie glaubten gerne den Aussprüchen der wichtigtuenden Ärzte, die jede ansteckende Krankheit in Marseille leugneten; sie bauten auf die strengen Maßregeln, die das Lazarett unnachsichtlich zu befolgen verbunden war. Die Armen wußten nicht, daß die Vorsteher der Gemeinde im Begriff waren, ihr Schweigen, viel zu spät, zu brechen, wußten nicht, daß der Troß der Ärzte die Wahrheit nicht erkennt, und schon aus Brot- und Kunstneid das

---

[1] Landrichter oder erster Bürgermeister.

leugnet, was der seltenere Genius hell und klar beweiset, wußten nicht, daß die Verwaltung des Lazaretts schon lange ihre Pflichten gewissenlos vernachlässigte, und daß die meisten der Vorsteher jener Schirmanstalt selbst die Flucht vor einem Übel ergriffen hatten, dem sie hätten begegnen sollen. „Die Krankheit ist eine Lüge!" riefen die Rädelsführer im Volke ihren Anhängern im Volke zu: „Sie ist eine abscheuliche Erfindung, erschaffen um das Volk zu erniedrigen, es vor Hunger sterben zu machen. Haben sich die Reichen nicht verschworen, uns zu verlassen? Stehen unsere Märkte nicht seit vorgestern leer und öde? Man raubt uns den Verdienst unserer Arbeit, man schneidet uns die Lebensmittel ab. Die Wucherer wollen uns auf-reiben, der Regent zu Paris, weil er die Hauptstadt verarmte, will alle reichen Leute dahinziehen, und uns vergiften lassen, weil wir ihm zur Last sind. Wozu haben wir unsere freien Einrichtungen, wenn wir so schänd-lichem Komplott erliegen sollen? Es ist himmelschreiend, wie man uns behandelt, wie man uns blockiert. Wir wollen uns selbst unser Recht verschaffen, den Konsuln zeigen, daß wir gesund sind, kerngesund, und daß die Pest nur in den Köpfen der Narren oder im Herzen unserer Unter-drücker sitzt!"

Während die Gruppen am Hafen von diesen Rednern bearbeitet wurden, und der Prozession, die wieder herankam, geringschätzend den Rücken kehrten, drängte sich ein anderer Zug durch die Menge, dem alles ehrer-bietig und mitleidig Platz machte. Er bestand ans ein paar Dutzend von Christensklaven, die aus den Gefängnissen von Tunis und Tripoli durch die Hilfe und das Lösegeld der ehrwürdigen Väter vom Orden der Trinitarier befreit worden waren. Unter dem Schall einer gedämpften Handtrommel schritten die abgezehrten und langbärtigen Gestalten, begleitet von ihren würdigen Befreiern, dem Dom zu, am Fuße des Altars mit heißem Danke den Gott zu loben, den just zur selben Zeit die verzweiflungsvolle Andacht furchtsamer Christen als einen zornigen Rächer mit Bußpsalmen zu beschwichtigen suchte. Voll Teilnahme drängte sich das leicht bewegliche provenzalische Volk in den Weg der Befreiten, schüttelte ihnen die Hände, berührte ihre schweren Fesseln, die sie im Heiligtume aufzuhängen gingen, warf ihnen den letzten Heller aus der eigenen armen Tasche in die Mütze, teilte mit ihnen das letzte Stückchen Brot. Zugleich aber riefen viele: „Ach ihr Freunde, woher des Weges?" – „Aus Afrika über Toulon." – „Ach was wollt ihr hier, in dieser verratenen unglücklichen Stadt?" – „Dem Himmel danken und dem heiligen Lazarus; eurer Milde uns erfreuen, da viele von euch selbst in der Sklaverei gewesen, viele eurer Freunde in Barbarenketten geschmachtet." – „Wir haben auch Mitleid mit euch und jubeln über eure Erlösung, aber wir sterben vor Hunger. Entflieht, daß ihr nicht gleiches Schicksal mit uns teilt" – „Vor Hunger sterben? Untertanen des Königs von Frankreich? Läßt ja der Bey von Tunis seine Sklaven nicht am Hunger sterben, und füttert sie mit Mais und Grütze"

Wie ein von ferne rollender Donner ging diese Antwort von Munde zu Munde und Schlag auf Schlag blitzte nun die kecke Beredsamkeit des südlichen Volks empor, dessen lebhafte Phantasie schnell die Bilder des Seeräuberfürsten und des Königs von Frankreich zusammenstellte, um wahrlich nicht zugunsten des letzteren zu entscheiden. Himmelan stieg plötzlich der Ruf, einstimmig, wie aus einem Munde: „Brot, Brot! Wir wollen nicht verhungern, wir sind nicht pestkrank! Die Gewalt verschaffe uns, was man uns verweigert. Zur Stunde wollen wir Gerechtigkeit haben, wollen wir gesättigt sein. Stürmt die Bäckerläden!" – „Die Bäcker können kein Brot schaffen, ihre Läden sind leer, es mangelt an Getreide!" antworteten einige herzhafte, besonnene Männer. – „So brecht die öffentlichen Speicher auf!" heulte die Menge und umgab brüllend und tobend das Rathaus, wo seit dem frühesten Morgen der ganze Magistrat versammelt saß, die böse Lage der Dinge und der Stadt Bedrängnis erwägend. Estelle, einer der mutigsten Schöppen, einer von den seltenen Volksfreunden, welche unvergängliche Denkmale verdienen, eilte die Treppe hinab, dem Getümmel zu begegnen, welches die Türsteher und Wächter zu zermalmen drohte. „Wir haben keine öffentlichen Speicher!" rief der kühne Ratsherr ohne Furcht: „Die Gesetze verbieten alles, was einem Monopole ähnlich sieht. Wir werden Mittel schaffen, übertriebene Furcht hält die Landleute von unsern Märkten ab; wir erwarten jeden Augenblick einen Kurier von dem Parlament zu Aix, der uns eine Entschließung bringen soll, welcher wir bedürfen. Beruhigt euch nur heute noch. Tumult und Aufruhr schaden, Eintracht erhält. Zerstreut euch, geht in eure Häuser, solche Zusammenrottungen möchten die Pestilenz ausbreiten, womit wir bedroht sind, wie es heißt." – Die Menge heulte dagegen, wie eine empörte Brandung: „Es ist nichts mit der Pestilenz. Warum darf der Bischof seine Umgänge halten? Warum flüchten sich die Reichen? Man will uns hinrichten, das Arsenal hat Brot, die geschorenen Sträflinge werden gefüttert, der Soldat erhält Speise und Trank, und wir, die all dieses bezahlen, sollen verschmachten."

Während sich dieses im Innern des Rathauses begab, und der Magistrat in peinlichster Ungewißheit nicht wußte, was zu tun, wurde plötzlich eine Stimme unter dem Volke laut, welche schrie: „Ihr sucht Getreide? Die Abtei von St. Victor hat gefüllte Fruchtböden. Fort nach St. Victor, die Pfaffen sind ohnehin verbunden, ihren Mitchristen zu helfen!"

„Nach der Abtei! Nach der Abtei St. Victor " wiederholte die Masse der Tumultuanten mit wildem Gejauchze, und im Nu entleerte sich die Treppenhalle des Rathauses von ihrem stürmischen Besuche, und der ganze unermeßliche Pöbelhaufe strebte auf allen möglichen Wegen nach dem jenseitigen Hafengestade. Die rüstigsten Lärmgesellen, begierig auf dem Wege ein neues Aufgebot zu der Unternehmung zu sammeln, umkreisten das Hafenbecken, um zur Abtei zu gelangen; die besonnensten unter den Aufrührern, meistens Schiffer und Fischer und Leute von der geringen Marine, warfen sich kurz und gut in die Barken und Kähne am Ufer und ruderten unaufhaltsam nach den jenseitigen Gestade, wo die Gegend befindlich, die man das Paradies nennt, und worinnen die stolze Abtei ihre prachtvollen Zinnen prahlerisch wies. – In dem Arsenal, in den Galeerenhäusern wurde alles lebendig, da man den Sturm gewahrte, der die Abtei bedrohte. Den zu Lande kommenden Angreifern verwehrte am Ausgang des Quartiers Rive-Neuve das herbeirasselnde Geschütz des Zeughauses das weitere Vorrücken; in dem Bagno wurden alle Waffen der Chiourme drohend gegen die Sklaven gekehrt, welche ungeduldig in ihren Ketten rasselten, während draußen die Rebellion mit ihren Schrecken aufzusteigen schien. – Das Volk in den Barken erreichte die Abtei. Tore, Gebäude und Kirche waren streng verschlossen, und durch das Gitter der äußersten Pforte bedeutete ein blasser Laienbruder dem drohend anrückenden Haufen, daß die Domherren und Grafen von St. Victor sich schon seit Tagesanbruch abgesperrt hätten, um der Pestilenz zu entgehen, daß sie von ihren Vorräten nichts abgeben würden, weil man die Dauer der Landplage nicht berechnen könne, und daß im Notfall, die Garnison des Kastells bereit sein würde, einen mörderischen Angriff auf die Abtei zurückzuweisen.

Die Drohung war nicht ohne Grund; schon wurden die Trommeln in dem Fort St. Nikolaus gerührt, und im Abendscheine glänzten Waffen auf den Zugbrücken der Zitadelle, sammelten sich dort Rotten, um heranzuziehen. Dem wehrlosen Pöbel fiel der Mut: er fürchtete sich noch dazumal vor der Muskete, vor dem zürnenden Feuerschlunde. Der Ungestüm verwandelte sich in die Bitte der Verzweiflung; die Stimmen, die noch vor kurzem Flüche und Verwünschungen, blutdürstige Drohungen und meuterisches Rachegeschrei gen Himmel schickten, verkehrten sich in Klagestimmen, und bettelten auf der Marmorschwelle der reichen Domherren um Nahrung, um eine Handvoll Korn. Die Herren Grafen von St. Victor blieben jedoch beharrlich bei ihrer Weigerung, und ließen dadurch die armen Leute erst recht bitter empfinden, welcher

Zukunft sie entgegensahen. Laut jammerte die Menge, langsam zurückweichend vor den weißen Uniformen, die in gestreckten Reihen sich auf dem Platze ausbreiteten: „Wehe uns, wenn die reichen Priester so unbarmherzig sind, was steht von unsern reichen Kaufleuten zu erwarten, und von den vornehmen Herren des Königs, die in Samt und Gold daherfahren, unsers Elendes zu spotten?" – Und in vielen regte sich schon wieder nach dem vorübergehenden Augenblick lammherziger Trauer die Begierde nach Gewalt, Raub und Brand, als den letzten Bundesgenossen der Verzweiflung. Ehe jedoch solch gräßliche Mahnungen laut werden konnten, trat ein Mann in die Mitte dieser armen Mariniers, der unter ihnen geboren, in ihren Gewohnheiten erzogen, ihren Sitten treu geblieben war. Der ehrwürdige Foulques, einer der Ältesten der Schifferzunft, einer der von ihnen selbst erwählten Schiedsrichter, dem alle Herzen seiner Standesgenossen huldigten, wegen seiner vielen Erfahrungen, um der Biederkeit und Richtigkeit seines Urteils willen. Die Alten verehrten in ihm einen Odysseus, die Jungen schätzten und bewunderten ihn, weil er bei hohen Jahren noch die Kraft und Gesundheit der Jugend sich bewahrte, und den Winter des Menschenlebens sogar um seinen Silberschnee zu betrügen gewußt hatte.

Mit der herzlichen Beredsamkeit, die dem volkstümlichen Ehrenmanne so frei, natürlich und edel von der Brust strömt, wie Töne gehaltreichen Metalls, sprach Foulques zu seinen Mitbürgern: „Guten Abend, Kinder und Landsleute, was macht Ihr hier? Ihr verliert eure Zeit, die ihr nützlicher anwenden könntet. Der Magistrat schickt mich, euch zu bitten, daß ihr nach Hause gehen möchtet. Die Konsuln haben geglaubt, es sei gefährlich, mit euch zu reden, und wollten mich von Bewaffneten begleiten lassen; aber ich weiß das besser; wir kennen uns schon lange. Es ist keiner unter euch, der nicht schon einmal in einer Streitsache als Partei vor mir stand und der nicht gehorsam gewesen wäre, sobald ich ihm sagte: das Gesetz verurteilt dich, mein Freund. Ihr ginget dann hin, zahltet eure zwei Sous für den Spruch, ließet eurem Gegner sein Recht, und habt nie an meiner Gerechtigkeit gezweifelt. Folgt daher auch heute meinem Wort. Unordnung zehrt die Ordnung auf, ein Bürger kann nicht zugleich ein Rebell sein; der Esel, der zweien Herren dient, hat bald einen kahlen Schweif. Das Parlament von Aix hält uns noch immer hin mit seiner Vollmacht, aber wir leben ja nicht von dem Parlamente. Wir haben daher gesorgt, auch ohne Erlaubnis des Parlaments, daß gleich morgen vor den Toren der Stadt wieder Markt gehalten werde. Kauft dann nach Herzenslust, meine Freunde, und seid guten Mutes; schon der weitere Weg zum Markte wird euch zerstreuen, vielleicht ist in der nächsten Woche schon das Schreckbild verschwunden, womit man uns zu ängstigen sucht, ich weiß nicht, ob mit Recht oder mit Unrecht. Fürchtet auch nicht, daß eure reichen Mitbürger ferner die Stadt verlassen, um euch preiszugeben. Die Herren zu Aix werden bald drohen, jeden zu erschießen, der unser Gebiet zu verlassen begehrt."

Ein rohes Gelächter brauste nun aus dem Haufen auf, es wurde Beifall geklatscht, eine Spottrede jagte die andere. Foulques stellte sich, als ob er die Fröhlichkeit des Volkes teile, und rief noch scherzend zurück, als er in seine Barke stieg: „Brav, meine Freunde, in kurzem wollen wir die feigen Hasen von Aix und Marseille noch wackerer auslachen!" Lautes Bravorufen folgte ihm nach, und wirklich zerstreute sich die Menge nach ihren Häusern.

4.

Foulques hatte noch eine Runde gemacht und es war ziemlich spät und dunkel geworden, als er an seiner Wohnung anklopfte. Ein Knecht öffnete ihm. Nachsinnend, mit hängendem Kopf, ging der Greis nach einem stillen einsamen Gemache, setzte sich in den breiten Stuhl, und ließ sich von dem Diener auskleiden. Zögernd fragte er denselben: „Nun, Thomas, sind keine Berichte von den Vorstehern des Distrikts eingelaufen?"– „Doch, Meister Foulques. Der Stadtdiener war da, und brachte schlimme Zeitung" – „Schlimm? Laß hören." – „Seit der Mittagsstunde nahm die Krankheit unerklärlich schnell zu. In unserm Bezirke sollen mehr denn 50 Menschen davon betroffen sein. Die Schöppen werden diese Nacht viel zu tun kriegen, wenn sie in der großen Stadt alle Kranken ausheben, und deren Wohnungen absperren wollen. Oben an dem Eck unserer Straße fiel, um 3 Uhr nachmittags, der lustige Schuhflicker plötzlich in seiner Werk statt um, fabelte und raste bis zum Ersticken. Man sagt, er sei bereits gestorben. Die alte Wäscherin Brigitte, eine Nachbarin, hat sich davor so sehr entsetzt, daß sie noch in derselben Stunde sich legte." – „Fürchterlich! Siehst du, Thomas, wie eitel die Zuversicht der Menschen ist? Noch heute morgen schickten wir vom Stadthause eine Staffette nach Paris, worinnen wir uns rühmten, daß alle Symptome der gefürchteten Krankheit zu Marseille verschwunden seien, und gerade heute fängt die Plage an zu wüten! Nun, wir müssen es aushalten. Wohl mir, daß meine Base mit ihrem Kinde fern ist, mein Sohn auf die Messe nach Beaucaire ging, um für mich Schulden einzutreiben. Ich kann ruhiger sein. Freilich ist meine Tochter zurückgeblieben, aber ich denke, daß für die arme stumpfsinnige Dirne wenig Gefahr sein wird." – „Im Paradiese wäre sie besser aufgehoben, Meister Foulques, mit Eurer Erlaubnis. Ein mißgestaltetes Mädchen ist übel daran, wenn es auch Geld hat. Man nimmt es nicht einmal im Kloster auf. Zudem ärgert und neidet sich Jungfer Bertrande das Leben ab; aber ich wette, lieber Meister, daß gerade an ihr der Tod vorbeigehen wird." – „Weil der Tod ein Mannsbild ist?" – „Nicht deshalb; die Jungfer vertraut von ganzer Seele auf die Reliquie vom heiligen Rochus, die sie von ihrer seligen Mutter hat, und sie spricht schon jetzt mit den Hausleuten in einer Entfernung von zehn Schritten." – „Das erwartete ich; sie ist selbstsüchtig wie die Mönche von St. Victor. Horch, Thomas, wie kommt's, daß die Fensterläden zittern, als wollten sie aufspringen?" – „Herr, draußen geht ein heißer Luftzug, und ein schweres Wetter hängt über der Stadt. Fern über'm Meere blitzt es hell auf, und auch über dem Fort wetterleuchtet es." – „Mir ist die Brust so eng, guter Thomas. Gott tröste die armen Leidenden in der Vaterstadt, daß sie die Wetterangst überstehen, und schenke uns Erfrischung und gesunde Luft. Was summt denn von ferne? Ist das Musik? Oder heult der Wind über den Hafen?" – „Nein Herr; es ist ferner Glockenklang,

Schellengetön von Maultieren. Hört Ihr das dumpfe Gepolter, den klingenden Schritt der Tiere? Ein Wagen rollt
in unserer öden Gasse heran." – „Wer mag das s ein?" –
„Der Wagen hält vor dem Haus. Wenn ich nicht irre, so
höre ich die Stimmen Eurer Base und der alten Gouhoun."
– „Herr Gott! Was wollen denn die?"

Die Lampe in der Hand, einen leichten Schlafrock um
die Schultern geworfen, lief der alte Foulques den An-
kömmlingen entgegen, und mischte in den freundlichsten,
väterlichsten Willkomm die Vorwürfe besorgter Zärtlichkeit. „Grüße Euch der Himmel; aber was wollt ihr hier?
Habt ihr meinen Brief nicht erhalten? Ist die Wallfahrtzeit
schon zu Ende? Ihr sollt ja wegbleiben von Marseille,
entweder zu Toulon verweilen, oder wenigstens zu Au-
bagne, auf meinem Pachthofe das weitere abwarten." –
„Die Wallfahrt zu unserer lieben Frau zum Troste war
schon geschlossen, unsere Andacht verrichtet"; sagte Clemence mit freundlicher Fassung: „Ihren Brief haben wir
nicht erhalten, und in Ihrem Hause ist unsere Stelle." – „In
meinem Hause, an meinem Herzen, das versteht sich. Doch
schwebt diese Stadt in drohender Gefahr, ist vielleicht
bald ein Leichenfeld, gemäht von dem Schwerte des
Würgengels. Entziehe dein Leben, Clemence; deines Kindes
zartes Dasein der Gefahr, schone deine alten Tage, recht-
schaffene Gouthoun. Weicht aus dem Abgrunde, der sich
hier öffnet." – „Und Sie, Vater Foulques?" – „Meine Bürger-
pflicht hält mich zurück, ich bleibe auf meinem Posten." –
„Auch wir wollen unsere Pflicht erfüllen, mein Wohltäter.
Die Gefahr war uns nicht unbekannt; in Toulon schlagen
schon die Herzen voll Angst und Furcht, wir fanden keine

Barke, die uns hieher gebracht hätte, mußten den Weg zu Lande machen, stießen allenthalben auf dumpfe Bestürzung, hörten überall greuliche Sagen, die an Schrecknissen zunahmen, je näher wir unserm Gebiete rückten; nur mit vielem Gelde bewegten wir den Kutscher, daß er uns in die Stadt hereinfuhr, und des Volkes scheues Treiben in den Straßen bestätigte uns das Unheil. Aber wir sind mutig, und die heilige Mutter wird uns nicht verlassen, wie wir unsern Wohltäter nicht verlassen werden." Clemence hielt dem freudig überraschten Foulques ihre schlafende Rosa hin, und fuhr fort: „Dieses Kind wurde vor dem Altare der Wallfahrtskapelle durch Priestersegen geheiligt, ich und Gouthoun haben das Abendmahl darauf genommen, uns der Prüfung nicht zu entziehen, die unserer Heimat, Ihrem Haupte droht. Bertrande ist zu schwach, um Sie zu pflegen, wenn Sie erkranken, Victor ist abwesend, Gott sei Dank, für sein Leben ist nichts zu fürchten, aber seine Hilfe fehlt. Wir wollen Ihrer Kinder Stelle vertreten, und mutig aneinander halten, wenn Gott in seiner Weisheit die schwere Züchtigung über uns verhängen sollte."

Clemence und Margarethe umarmten mit frommer Begeisterung den Biedermann, dessen Festigkeit der innigsten Rührung nicht widerstehen mochte. Er weinte, unfähig, ein Wort des Dankes zu stammeln. Mit stummer Bekümmernis deutete er nach der Türe von Bertrandes Gemach, richtete einen wehmütigen Blick gen Himmel, drückte dann mit wahrer Vaterliebe Clemence an seine Brust, die Hand der ehrlichen Wärterin, und floh, zu schwach, den ergreifenden Augenblick länger zu ertragen, in seine Schlafkammer.

Die Frauen wendeten sich nach ihrer Stube, legten die unbekümmert schlummernde Rosa in ihre weichen Kissen, und während Margarethe ihr eigenes Lager besorgte, kniete Clemence auf den Betschemel nieder, um vor dem Bilde des Gekreuzigten für die Heimkehr zu danken, und zu beten für den edlen Foulques, für die ungerechten Eltern, und für alle, die sie liebte, Victor nicht ausgenommen, den sie verschwiegen tief im Herzen trug.

Da knarrte leise die Türe, und Bertrande schlich wie ein Schatten hindurch, eine düster glimmende Leuchte tragend, und setzte sich auf den Stuhl, der gerade am Eingange stand. Clemence richtete sich erstaunt in die Höhe, und Margarethe sagte ziemlich laut: „Gott segne Euch, Jüngferlein. Was begehrt Ihr aber zu so spätter Abendstunde? Es sind viele Wochen vergangen, seit Ihr uns zum letztenmale besucht. Wollt Ihr Eurer Base den Willkomm gönnen, da Ihr uns doch beim Abschied die Ehre nicht antun mochtet?"

Bertrande antwortete langsam und frömmelnd: „Es ist niemals zu spät, ein Unrecht wiedergutzumachen. Nicht wahr, Base Clemence?"

Clemence, schnell versöhnt, näherte sich ihrer Verwandten, und sagte mit Engelsmilde: „Gewiß nicht, liebe Muhme. Alles sei vergessen, und ich erwidere von Herzen Euren Gruß."

Bertrande deutete ihr mit vorgehaltener Krücke an, in einer gewissen Entfernung stehenzubleiben, und entgegnete: „Du hast mir gezürnt, weil ich unbesonnene Reden geführt, die ich nicht böse meinte. Da aber die Zeit so schlimm geworden ist, und der Herr das strafende Schwert aus der Scheide zieht, so ist es Christenpflicht, jeder Feindschaft abzusagen. Wir wollen uns versöhnen; wenn du stürbest, so könnte deine Seele nicht ruhig sein, weil du an mir Unrecht übtest; wenn ich, das schwache elende Geschöpf, diese Erde verließe, so müßte sich meine Seele kümmern, daß ich unschuldigerweise ein Mißverständnis veranlaßte, welches zwei verwandte Wesen trennte."

Clemence versetzte etwas befremdet aber gütig: „Ich wünsche nichts anderes. Wenn ich dir etwas zu vergeben habe, so geschehe es hiemit aufrichtig und ohne Vorbehalt. Ich wünsche nur Eintracht." – Bertrande seufzte aus tiefer Brust, und sprach mit dumpfer Stimme: „Ach, ich habe mich schon kasteit, ich habe schon gebüßt und in Reue gerungen, weil mir im Zorne eine Verwünschung entfuhr, die allzu schnell in Erfüllung geht. Der Mensch sollte nie einen unbesonnenen Fluch ausstoßen, denn wie der Segen, so trägt auch der Fluch seine gewissen Früchte. Die Welt ist sehr sündig, liebe Clemence, und Gott will schnell damit zu Ende gehen. Die Glocken unserer Kirchen läuten schon von Stunde zu Stunde einen Toten in die Ewigkeit, bis endlich auch die Hände erstarren, die den Glockenstrang ziehen. Bald wird in allen Häusern Trauer wohnen, und die Gräber werden nicht schnell genug fertig sein können. Wähle dir einen frommen Beichtvater, Clemence."

„Ei, das wird schon ohne Euer Zutun geschehen"; fiel Margarethe ungeduldig ein. Bertrande fuhr aber mit derselben gleichgültigen Kälte fort: „Du hast schon viele Leiden ausgestanden, arme Clemence, und der Würgengel greift gar zu gerne nach abgehärmten lebensmüden Herzen."

Clemence antwortete mit erschütterter Seele: „Glaube mir, Bertrande, daß ich gefaßt bin; aber verschone mich mit solchen düstern Ermahnungen. Wir sind müde von der Reise, erquickender Schlummer tut uns Not."

Ohne sich stören zu lassen, murmelte Bertrande schleppend weiter: „Schlummern? O nicht doch, liebe Base. Wachen und Beten, das ist die Losung in der Trübsal. Wachet, daß uns der Tod nicht übereilt. Wache, Clemence, und vergiß nicht, allnächtlich dein Kindlein einzusegnen, denn es möchte über Nacht ein Engel werden, ehe du dich dessen versähest."

Die Hand fest auf das bebende Herz gedrückt, sank Clemence auf das Lager, gebeugt über ihr Kind, und winkte schluchzend der grausamen Muhme, zu schweigen. Margarethe verfuhr strenger, stellte sich Bertrande entgegen, und schalt: „Wißt Ihr, wem Ihr aufs Haar gleicht? Dem Henker, der einen armen Menschen rädert, und nach jedem Schlage der eisernen Keule innehält, damit der Schmerz hundertfach peinige. Ich bitte Euch inständigst: geht; geht schnell, wenn ich nicht Herrn Foulques rufen soll, der am besten weiß, wie man seiner tückischen verrückten Tochter zuzusprechen hat." – Aus den Augen der Alten leuchteten der Drohungen mehrere, und Bertrande war nicht gesonnen, solch' rüstiger Gegnerin standzuhalten. Mit einem Blicke, woraus vernichtender Hohn funkelte, mit einer drohenden Bewegung des Krückenstocks stand sie, ohne weiter eine Silbe zu reden, auf, und hinkte zur Türe hinaus. Sie hörte, wie Margarethe hinter ihr zuriegelte, und murrte schadenfroh lächelnd, indem sie den Weg nach ihrer Kammer suchte, vor sich hin: „Verriegelt nur eure Pforten; in eurem Ohr gellt dennoch meine Stimme wieder. Wohl bekomme ihr die Mahlzeit, die ich ihr aufgetischt, der Schmarotzerin, die an meines Vaters Tische ißt, von dem nur die Brosamen für mich abfallen. Wird sie gehätschelt, und ist doch eine freche Dirne, behangen mit einem unehelichen Würmchen, so will ich ihr empfinden lassen, daß ich, eine reine unbescholtene Jungfrau, sie verachte und demütigen kann. Ihre Larve hat den Vater berückt, und den Bruder und alle Männer im Hause; sie möchte wohl meine Stiefmutter werden? wenigstens meine Schwägerin? Aber ich will nicht ehrlich sein, wenn ihr Hochzeitstag vor dem meinigen fällt." – Mit diesen Worten betrat Bertrande ihre Stube, eine der unheimlichsten im Hause, im Erdge-schosse, gewölbt, und nur mit einem Fenster versehen, das in eine enge armselige Gasse ging, worinnen vor Schmutz und Unrat kaum fortzukommen war. Bertrande hatte sich in ihrer Eulenlaune dieses Gemach selbst gewählt, und dasselbe mit der düstern Geschmacklosigkeit verziert, die sich in ihrem Anzuge kundgab. Die Vorhänge an Bett und Fenster waren von verblichenem gelbem Damast, die Spiegel fleckig und voll Staub, an den grauen Wänden klebten gräßliche Bilder, den Tod vieler Märtyrer vor-stellend, auf dem Schreine, worinnen die Bewohnerin dieser Zelle ihre Habseligkeiten verwahrte, stand ein Glaskasten mit der bleichen Wachsfigur eines Jesuskindes, dessen Kleidung und große Allongeperücke von Baumwolle Bertrande selbst verfertigt hatte. Ein verstimmtes Positiv stand in der Ecke, und ein paar Gebet- und Notenbücher vervollständigten den ganzen wüsten Hausrat. – An diese kleine Orgel lehnte sich Bertrande, nachdem sie die Leuchte in einen Winkel des Kamins gesetzt, zog den Fenstervorhang etwas zurück, öffnete dann leise das hölzerne Fenstergitter, und blinzelte so gut sie es vermochte, auf das dunkle Gäßchen, worinnen kein Licht mehr schimmerte. Von ferne rollte langsam und majestätisch der Donner, und während dessen Brausen faßte Bertrande das Herz, sich selber zuzuflüstern: „Ob er wohl heute wieder kommt? Hat mich denn mein Auge getäuscht, da ich ihn schon in der Dämmerung zu sehen glaubte, in denselben weißlichen Mantel gehüllt, den er gestern trug?" – Sie lauschte, sie schaute, bog sich mit dem halben Leibe endlich aus dem Fenster, und fuhr alsobald heftig zurück. Ein Blitz hatte geleuchtet, eine männliche Gestalt in Federhut und hellem Mantel stand am Eingange des Gäßchens. Schwer atmend vor Bestürzung, pochend das Herz vor Neugierde und dunkler Sehnsucht, flüsterte Bertrande wieder, unruhig die Hände reibend: „Er ist's gewiß... warum nähert er sich nicht? ... Wie war es doch gestern? Sollte mein Gesang ihn gelockt haben...? Sollte er heute wieder auf dieses Zeichen warten?"

Mit unsicherer Hand berührte Bertrande die Tasten der kleinen Orgel, entlockte dem Instrument einen schnarrenden, zitternd verhallenden leisen Akkord, und begann mit bebender Stimme und kümmerlich schwachem Vortrage das provenzalische Lied, das man dem Kaiser Friedrich dem Rotbart märchenhaft zuschreibt, – das einzige, welches Bertrande in ihr unmusikalisches Gedächtnis zu prägen verstanden hatte. Sie sang mit schluchzenden gebrochenen Tönen:

Ich liebe den Ritter aus Frankreich,
Die spanische Dame ist hold,
Ich liebe den Hof von Kastilien,
Und der Provence fröhliches Lied...

Weiter konnte sie die Strophe nicht bringen, aber, als sie ängstlich zum Fenster schaute, bemerkte sie frohlockend, daß der Zauber gewirkt hatte, daß der nächtliche Wanderer nahe dem Fenster stand, und eine Ahnung von verschwiegenen Abenteuern, von bräutlicher Wonne, belebte für einen Augenblick das kalte Herz der Ärmsten, und sie fragte sich wie eine züchtige erst aufgeblühte Rose: „Wird er denn heute reden? oder wird er bei seinem Schweigen verharren, der Grausame, wie gestern?"

Der rätselhafte Fremde tippte soeben mit dem Finger behutsam an das Fenster, daß es ohne Geräusch und Klang aufging, näherte sich vorsichtig mit dem Kopfe, und fragte gedämpft: „Warum endigen Sie nicht das Lied, klösterliche Sängerin?" – Bertrande stieß einen Laut der Überraschung aus, schwieg aber dann besonnen, um den willkommenen Gast nicht zu verscheuchen. Dieser fuhr schmeichelnd und flüsternd fort: „Sind Sie mir böse, weil Sie nicht antworten? Ich hörte gestern schon mit Entzücken Ihre schöne Stimme, und erwartete heute gleichen Genuß."– „Pst!" versetzte Bertrande: „Wenn jemand uns hörte! schweigen Sie mit Ihren Schmeicheleien." Der Ton, womit diese Worte gesprochen wurden, verriet hinlänglich, wie angenehm der Tribut des Beifalls auf die Sängerin wirke; doppelt angenehm, da, bei dem schwachen Lampenschimmer betrachtet, der sich durch das Fenster stahl, die Gestalt des unbekannten Zuhörers sich vorteilhaft zeigte, und nicht minder sein Gesicht, geziert mit großen schwarzen Augen, einer schönen Adlernase, und dunklem gefälligem Lockenhaar, hübscher anzusehen als die steifen ungepuderten Perücken, womit dazumal die nach der Hauptstadt geformten Roués Staat machten. Zufällig verschob sich bei einer Wendung des Mannes der übergeschlagene Radmantel, und ein feines Kleid, mit schmalen Borten und vielen goldbesponnenen Knopflöchern wurde sichtbar, verriet seines Herrn Bildung, Wohlstand und Geschmack. Immer freudiger zitterte Bertrandes Herz, und in ihren Ohren klang es wie Musik, als der Fremde leise fortfuhr: „Wohl haben Sie Recht, freundliches Mädchen, und der sympathetische Zug, der gleichgestimmte Seelen vereinigt, soll ein Geheimnis bleiben für jedwedes unberufene Auge. Die Macht der Töne zieht mich unaussprechlich zu Ihnen. Das muß ein treffliches Gemüt sein, welches aus den heiligen Quellen der Musik seine Freuden schöpft. Wäre es mir vergönnt, es näher kennenzulernen!" – Bei diesen Worten faßte eine warme weiche Hand die Hand Bertrandes. Das Mädchen fand nicht die Kraft, die Finger zurückzuziehen, und stammelte in wohltuender Verlegenheit: „Was beginnen Sie, mein Herr? Sie täuschen sich, oder haben mich zum Besten. Ich weiß nur zu gut, daß ich so viel Teilnahme nicht zu erregen vermag. Die Natur versagte mir, was so viele meiner Schwestern begehrenswert und glücklich macht..." – „Und Ihr Herz? Rechnen Sie den goldenen Kern für nichts, weil er in einer Schale schlummert, die vom albernen Pöbel verkannt wird? Ich habe viel Unglück erlebt, Mademoiselle, und weiß gar wohl, daß das Lebensglück nicht im Äußerlichen besteht, daß der Bund der Geister heiliger ist, als der Austausch der Sinnlichkeit. In Ihnen erriet ich den mir verschwisterten Geist, geprüft wie ich durch manches Leiden. Vergönnen Sie mir, dieses Zusammentreffen zu benützen, Sie kennenzulernen." – In großer Verwirrung entgegnete stotternd Bertrande: „Sie erschrecken mich mit Ihrem Ungestüm... dennoch ist ein edler Mann so selten. ... Es würde mir selbst Freude machen, mit Ihnen bekanntzuwerden... aber... die Möglichkeit? Mein Vater ist rauh und streng, mein Bruder ohne Gefühl und feindlich gegen mich gesinnt... sie dürften um alles in der Welt nicht wissen..." – Der Fremde fuhr mit Eifer fort: „Wehe den rohen Männern, die ein schönes weibliches Herz in Staub treten! Ist denn aber kein Wesen Ihres Geschlechts in diesem Hause, dem Sie sich vertrauen könnten?"– „Ach, da ist keine Hoffnung. Eine Base, die mein Vater um Gotteswillen zu sich nahm... eine alte boshaft lauernde Wärterin, die mich haßt..." – „Und kein Engel, der uns beistünde? Ich sah vor einiger Zeit, – denn ich beobachtete Sie schon lang – einen kleinen Engelskopf an diesem Fenster, oder in den Zimmern, die nach der Straße gehen. Das Kind spielte mit einer alten griesgrämigen Frau. Gewiß ist es eine Waise, welche Sie mild barmherzig zu sich nahmen, Mutterstelle an ihr zu vertreten?" – Bertrande hustete verlegen, und antwortete endlich, um den wohlfeilen Heiligenschein nicht einzubüßen: „Nicht so eigentlich... und dennoch wieder ist es fast so. Wen sollte ein hilfloses Kind nicht zur Teilnahme bewegen?" – „Wo ist es? Kann ich es nicht sehen? Ich liebe die Kinder unaussprechlich. Bei Ihnen, an Ihrer Seite, auf Ihrem Schoße, an Ihrer Brust möchte ich es sehen. Die jungfräuliche Mutter mit dem Kinde, ein Ebenbild der Heiligen, die wir in unsern Tempeln verehren, gewährt ja das schönste Schauspiel. Gönnen Sie mir diesen Augenblick,... morgen, übermorgen, wann Sie wollen."

Die Vergleichung, die nicht besser gewählt sein konnte, schmeichelte die Eitelkeit Bertrandes viel zu sehr, als daß sie nicht, in Wonne und Trunkenheit des Entzückens aufgelöst, alles versprochen hätte, um nur den zärtlichen Freund noch fester zu binden. Zögernd, wie voll jungfräulicher Scham, aber schnell besonnen und entschlossen, gestattete sie dem verführerischen Fremdling, morgen zur selben Zeit wiederzukommen, und ließ ihn erraten, daß die Türe des Hauses ihres verschwiegenen Gemachs offen sein würde. Das Gebrüll des Donners, der nun über der Stadt rollte, das Heulen des Windes, verschlang die Abschiedsworte des schnell entfliehenden Freundes, aber der feurige Händedruck, wo mit er Bertrande verließ, sprach deutlich genug für ihn. Aufgeregt von den Flammen, die so unvermutet in ihr Herz brachen, trat Bertrande, zum erstenmal in ihrem Leben, mit eigener Zuversicht vor den Spiegel, und sagte lächelnd: „Die Ungerechtigkeit der Natur scheint endlich an mir zu erlahmen. Schön wäre es, wenn gerade ich, die Verwahrloste, zu dieser Frist, wo Pest und Tod tausend Bande zerreißen werden, so der Himmel will, einen zärtlichen Gatten fände, nach dem mein dürstendes Herz so heiß begehrt. Ich will alles aufbieten, ihn zu fesseln. Wenn es sein kann, mag selbst der Bastard der hochmütigen Base dazu helfen. Wenn auch dann dieses Verhältnis zutage kommt, was tut's? Es muß zutage kommen; das sättigt meine Eigenliebe, das wird ihn um so fester an mich ketten. Er ist ein Fremder, seine Sprache verrät es. Es wird gut sein, ihn in sicherer Schlinge zu fangen. Vielleicht führt er mich hinweg aus dieser Stadt, wo seit meiner Kindheit nur Haß und Demütigung mein Los gewesen ist; vielleicht..."

Ein fürchterlicher Donnerschlag unterbrach ihre stolze Siegesrede. Der Himmel glühte wie in lichten Flammen, der herbe Blitzstrahl war in das Fort St. Jean gefahren. Rings brachen die Elemente los mit fieberhaftem Ungestüm, und Bertrande, abergläubisch betend, flüchtete mit Rosenkranz und Reliquienschachtel in ihr Bett.

5.

Die ältesten Leute von Marseille erinnerten sich nicht einer solchen wütenden Sturmnacht. Schlag auf Schlag der Donner, Strahl auf Strahl der Blitz, die Atmosphäre brannte wie ein Schwefelpfuhl die ganze Nacht hindurch, und kaum eines von den öffentlichen Gebäuden der Stadt blieb vom Donnerkeil verschont, der nirgends zündete, aber die dicksten Mauern bersten machte, und in einigen Kirchen durch das Gewölbe brach, und die Grüfte sprengte, daß sie gähnten, gleichsam neue Opfer verlangend. Ein schauerliches Vorzeichen, dem die Erfüllung ohne Säumen auf der glühenden Ferse folgte. Von den Häusern herab stürzte der Orkan, der im Hafen die Wasser empörte, und 100 Barken vernichtete, die hohen Kamine, die Geländer der Terrassen, Fenster und Balkone; aber innerhalb schlug der Tod mit geschäftig wütender Hand einer Menge von Opfern ein Brandmal auf den hinsinkenden Krankenleib. Das furchtbare Unwetter gab das Signal zum Ausbruch der bisher im Dunkeln schleichenden Pest. Der giftige, erstarrende Mistral, der sich einstellte, als am Morgen das Feuer des Himmels erlosch, vollendete, was der Sturm begonnen. In allen Gassen war Klage und Not einheimisch geworden, das Geschrei der Verzweiflung übertönte den Glockenschall, der zum Gottesdienste rief; unzählige Hiobsboten durchrannten die Stadt, schreiend nach Ärzten, die in der Nacht Erkrankten zu retten; nach Notarien, die Testamente der Sterbenden aufzunehmen; nach Geistlichen, die letzte Wegzehrung zu reichen; nach Totengräbern, die Leichen zu beerdigen. Nun erst ahnte man die Größe des Jammers, der sich vorbereitete, und nirgends war Hilfe. Ein einziges verwittertes Spital, um die Kranken aufzunehmen, die kaum zum Drittel ihren Platz darinnen fanden; die Stadtkassen leer, kaum 1.100 Livres darinnen; kein Getreide, kein Fleisch, kein Holz für den Armen vorrätig. – Dieser plötzliche Wechsel erzeugte ebenso schnell Mißbräuche der Gewalt, den Unfug der Selbsthilfe, Streit und Hader jeder Art. Die Bürger von Marseille, an Gesetzlichkeit gewöhnt, klopften an die Gerichtsstuben. Alle Richter waren scheu aus der Stadt entflohen. Der ängstliche Hausvater begehrte vor dem Gesetz die Rechte seiner Erben, einer Gläubiger, seiner Bürgen zu bekräftigen: kein Notar war in der Stadt zurückgeblieben. Frauen, entsetzt von den Greueln der verwichenen Nacht, sahen schaudernd vor der Zeit die Stunde eintreten, da sie Mutter werden sollten: nicht eine Wehmutter war zu finden, die den Leidenden Beistand geleistet hätte. Tausende seufzten nach ärztlichem Rat, und die Doktoren hatten sich teils feige versteckt, teils, von Pfaffen gedungen, sich mit denselben in die Klöster eingesperrt, zum Teil aus der Stadt die Flucht genommen. Die wenigen Zurückgebliebenen vermochten nicht dem Andrang zu genügen, ängstigten sich selber ab, oder verließen achselzuckend ihre Kranken. Die Auswanderung nahm furchtbar zu, schon war kein Pferd mehr aufzutreiben. Das aufgebrachte Volk mißhandelte an den Toren die Flüchtlinge. Die Konsuln und Hauptleute, volkstümlich gewählt, besaßen nur väterliche Gewalt, und riefen, weil diese nicht hinreichte, den Pöbel im Zaum zu halten, die Soldaten des Königs zu Hilfe. Aber der Gouverneur der Provinz war ferne, und der Kommandant der Zitadelle schloß sich mit der Besatzung hinter seinen Schanzen ein. In der höchsten Not bot der Magistrat die Arsenalwachen, die Sklavenschergen zu seinem Dienste auf. Aber der General der Galeeren weigerte jeden Mann und verriegelte sich hinter seinen Gittern mit einer Menschenmenge von wenigstens 10.000 Köpfen, die unter seinem Befehle standen. Der Magistrat drohte ohnmächtig mit Vergeltung, der Bischof mit der Rache des Himmels. Zitadelle und Arsenal erklärten dagegen, sie würden die Stadt mit ihrem Geschütz in Grund und Boden schießen, wenn nur einen Tag die volle Verproviantierung der Garnison und der Zeugmannschaft unterbleiben würde. – Dieser bösartige Hader, aus schmutziger Selbstsucht entsprungen, brachte die Stadt in die äußerste Gefahr. Ihre Hilfsquellen waren versiegt, nur ein Wunder konnte sie retten, und die edelmütige Aufopferung wackerer Bürger. Der Bischof, ein fanatischer aber tugendhafter Mann, dessen Eitelkeit sich glücklich pries, eine Gelegenheit zu finden, die Rolle zu spielen, die der heilige Borromäus in Mailand übernommen, legte seine ganze Habe auf den Altar des Vaterlandes, begnügte sich mit der Kost des ärmsten Bettelmönchs, leistete überall und zu jeder Zeit die Dienste des niedrigsten Diakons. Ein edler Kontrast zu dem Benehmen der feisten Grafen von St. Victor, die von ihrem Hamsterreichtum nicht eine Spreuhülse, nicht einen Liard spendeten; zu dem feigen Trotze, womit die Stadtkirchen und übrigen Stifter jedes Almosen zu Unterstützung der Armen, jedes, auch das elendeste Gebäude zu Errichtung eines Spitals weigerten. Der Ritter von Roze war einer der ersten, die kaum wiederbetretene Heimat mit allem zu beschenken, was er erworben. „Mein Fleiß", sagte er, „hat mir eine halbe Million errungen, die Gattin, die ich vor wenigen Tagen heimgeführt, brachte mir ein beträchtliches Vermögen zur Mitgift. Ich bin bereit, alles zu opfern, aus eigenen Mitteln ein Hospiz in meinem Stadtviertel zu errichten, persönlich da zu wirken mit meinen schwachen Kräften, wo die Gefahr am größten ist." Seinem Beispiele folgten die braven Schöppen Estelle und Moustier. Der Viguier und die beiden andern Konsuln, wenn auch nicht von gleicher Begeisterung beseelt, handelten doch als entschlossene Männer. Hie und da öffnete auch wohl ein reicher Großhändler seine Vorräte, hie und da führten mutige Leute Lebensmitteltransporte in die bedrängte Stadt, aber das

Volk wäre nicht zu beschwichtigen gewesen, wenn nicht die Gewalt der Seuche selbst Ruhe geprediget hätte. Schon am Mittag nach dem Sturmwetter erkrankten plötzlich Leute in den schönsten und gesündesten Straßen; die Landplage brach sogar in einige reiche Häuser auf dem Corso. Der Pöbel, bisher allein von dem Verderben betroffen, stutzte, und als in der Folge die Flüchtlinge wiederkehren mußten, weil der vom Parlament aufgestellte Kordon sie mit dem Tode bedrohte, so wie die Kanonen von Toulon die Fahrzeuge bedrohten, die mit Parlamentserlaubnis von Marseille nach dem Lazarett jenes Hafens trachteten, begütigte sich das Volk, sah ein, daß der Reiche gleiches Schicksal mit dem Armen teile, und ergab sich in das unabänderliche Los. Der Aufruhr schwieg, wohl aber begann der abscheuliche Krieg entfesselter Leidenschaften, der grimmige Streit tierischer Begierden mit dem Heiligen in der Menschenbrust. Und er mußte bis zu Ende gekämpft werden, denn kein Schiedsrichter war mehr vorhanden, ihn zu schlichten. Gesetz und Religion verstummten; Willkür, wenn auch manchmal wohltätig, vertrat die Stelle des Rechts, Fanatismus, wenn auch manchmal zu entschuldigen, ersetzte die reine Christuslehre.

In Dinarts schöner Wohnung, auf dem mit schattigen Bäumen bepflanzten Corso, war Agathe die ganze Nacht hindurch umhergegangen, die Hände ringend, mit erblaßten Wangen, die Augen rot von Tränen der Angst, und jeder Donnerschlag war ein gewaltiger Stoß, der ihres Wesens Innerstes erschütterte. Es ist die Art der Leichtsinnigen, bei klarem Himmel alles zu verlachen, und wie das Espenlaub zu beben, so bald die Wolken zürnen. – In Seelenangst hatte Frau Dinart den Morgen herbeigebetet, während der Stadthauptmann im großen Rate saß; viele Freundinnen waren eingeladen worden, dem furchtsamen Weibe Gesellschaft zu leisten; einige waren erschienen, unter ihnen die zukünftige Schwiegertochter Cassandra. Ein köstliches Frühstück sollte die teilnehmenden Gefährtinnen belohnen, und Agathe zwang sich, dabei die Honneurs zu machen. Aber mitten unter dieser Beschäftigung wankte sie, fiel leichenblaß in den Sessel zurück, die Porzellanschüssel, der silberne Vorlegelöffel in ihren Händen klirrten zu Boden, und mit einem tiefen Seufzer schloß sie die Augen. Betroffen sprangen die Freundinnen herzu, die Ohnmächtige zu erwecken, rieben ihre Hände, benetzten ihre Schläfe mit wohlriechenden Wassern; aber, als die Kranke wieder aufwachte, veränderte sich plötzlich der Auftritt sehr schreckhaft. Die vorhin so matten Augen Agathes rollten fürchterlich, rot, wie unterlaufen von Blut, die Brust flog auf und nieder mit unerhörter Schnelligkeit, Zittern durchlief den ganzen Körper, und die Zunge, kurz vorher gelähmt, brach in eine Geläufigkeit aus, wovor sich das Haar sträubte. Die Geschwätzigkeit einer Wahnsinnigen fieberte aus dem Weibe; sie klagte über das Feuer in ihrem Leibe, rief nach Hilfe und nach den Sakramenten, betete dann wieder abgerissene Sätze, schalt die Umstehenden, rief dann ihre Barmherzigkeit wieder schluchzend an. Grauen, dem sie keine Worte noch zu geben sich getrauten, bemeisterte sich der Weiber. Ein Barbier, der von der Gasse geholt worden war, um den Unglücklichen eine Ader zu öffnen, sprach es aus, das unbesonnene Wort des Entsetzens. „Die Pest! Eine Pestkranke! flieht, oder ihr seid des Todes!" schrie der Mensch und entsprang mit allen Zeichen und Gebärden der namenlosesten Furcht. Ihm nach drängten sich die Freundinnen, schreiend, heulend, gepeitscht von panischem Schrecken. Cassandra ließ aus ihren Armen die Kranke auf den Boden fallen, und floh wie vor einem Gespenst aus dem Hause, an ihrer Sänfte vorüber, deren sie sich nicht einmal erinnerte. Eine andere Dame, die, schwerfälligen Leibes, nur langsam die Wohnung des Stadthauptmanns zu verlassen vermochte, bat die Träger um Gotteswillen, sie an der Statt ihrer Gebieterin nach Hause zu bringen; es geschah, und als die Träger die Sänfte vor der Wohnung niedersetzten, fanden sie darinnen eine Leiche. An die Flucht der Freundinnen schloß sich die davonlaufende Dienerschaft. Keine Zofe, kein Knecht, die zurückgeblieben wären. Man wußte, daß bei früheren einzelnen Fällen die Toten von den Schöppen abgeholt, die Angehörigen derselben in das Lazarett gebracht, die Türen ihrer Häuser vermauert worden waren, und jeder fürchtete dasselbe Schicksal. Die letzte Magd begegnete auf der Schwelle dem alten Dinart, und stammelte die schreckliche Kunde. Keuchend flog Dinart die Treppe hinan, schaute mit starren Augen in das Zimmer, wo Agathe hilflos mit der Krankheit, vielleicht mit dem Tode rang, und hatte für sie nur das Wort: „Unglückliche! Was ist?" Verzweifelnd heulte Agathe: „Ich brenne... ach mein Freund... Gott sieh mir bei... sie verlassen mich alle... Bleibe du bei mir... vergib mir alle Sünden, o heiligster Erlöser!" – „Du hat die Pest! Gott gnade dir!" polterte Dinart mit klappernden Zähnen, und entfloh nach seiner

Stube. Maximin kam ihm entgegen, überwacht, erschöpft; er hatte die Nacht in schlimmer buhlerischer Gesellschaft zugebracht. „Herr Gott!" schrie er mit aller ihm eigentümlichen Lebhaftigkeit: „Ist's wahr? Wir haben die Pest im Hause? Die Mutter stirbt daran? Kommen Sie, daß wir uns retten. Riet ich nicht schon längst, der Stadt zu entfliehen?" – Er zerrte den Alten gewaltsam am Ärmel mit sich fort, während Dinart zornig ausrief: „Du bist ein Narr! Sollte ich mein Haus, mein Geld und Gut im Stiche lassen? Laß uns aber eilen; ich gehe wieder aufs Rathaus, daß mir die Tote aus der Stube geschafft werde. Dann schließe ich selbst das Haus und lasse es versiegeln. Halte Wache, daß bis zu meiner Rückkehr kein fremder Mensch hereinkommt." – „Ich soll doch nicht alleine hier im Hause bleiben?" fragte entsetzt der Sohn: Ich rieche schon den Pestdampf. Meine Flinte will ich nehmen, vor der Türe Wache stehen, und den niederschießen, der es wagt, einzutreten."

Während diese Begebenheiten sich zutrugen, wandelte hastigen Schritts ein verschleiertes Weib durch die Gasse, die nach dem Corso führten. Rings um die Eilende war bewegliches Leben, ungestümes Treiben. Ängstliche Kaufleute schlossen geräuschvoll, wie vor dem Feinde ihre Buden, Handwerker mit verstörten Gesichtern ihre Werkstätten. In den Schenken wurde geflucht, gelärmt, vor den Fenstern der Bäcker prügelte man sich um das letzte Brot, heulte die Armut vergebens nach Nahrung. Händeringende Weiber standen in Gruppen beisammen, und erzählten sich schluchzend und schreiend ihr Elend. Über diesem Getöse pfiff mit eisigem Hauch der Mistral, fing sich in den Gewändern der Priester, die mit Kreuz und Kerze in die Krankenhäuser liefen, die letzte Absolution zu erteilen. Tragbahren mit Kranken und Sterbenden kreuzten sich an jeder Ecke, Särge wurden geschleppt, Leichentücher über die Straße gezerrt. Die ganze Menschenmenge schien vom Tode gejagt, die Blässe der letzten Stunde lag auf allen Gesichtern. Das eilige Weib lehnte sich beim Eingang in den Corso an einen Eckpfeiler, lüftete den Schleier, und rief mit Bewunderung und Bedauern: „Ei, Jungfer Dinart, wie kommen Sie hieher?" – „Unnennbare Angst hat mich von Hause fortgejagt, alter Anselm. Ich muß sehen, wie es bei meinen Eltern steht." – „Gott erbarme dich! Kehren Sie um. Ihre Mutter ringt mit dem Tode. Das Haus ist leer, und ich dachte, daß es keinen Türsteher mehr brauche." Der Alte entfernte sich eiligst, und Clemence, neue Kräfte sammelnd, vollendete mit wenigen Schritten ihren Schmerzensweg. Vor dem Vaterhause stand Maximin, und drohte ihr mit der Muskete: „Zurück, unwürdige Schwester. Was suchst du noch bei uns?" – „Denke an das vierte Gebot, Maximin, und folge mir, wenn du es wagst."

Clemence verschwand in der Pforte, und Maximin hatte nicht den Mut, ihr dahin nachzugehen. In Verwünschungen ausbrechend über die arme Schwester, deren Anblick einen alten Groll aufrüttelte, empfand er plötzlich grausigen Schauder, der über seinen Rücken fuhr, und floh, sich selber nicht recht bewußt, von der Stätte der Wohnung seiner Braut, die sich aber streng eingeschlossen hielt, und dem Verlobten bedeuten ließ, daß die böse Zeit jede fernere Annäherung gefährlich mache.

Clemence war indessen durch die öden Gänge und Stuben zu der Mutter gedrungen; Agathe lag, erschöpft von dem ersten Krankheitssturm matt und ohne Bewegung auf den Ziegelplatten ihres Gemachs. Die Tochter bückte sich weinend über die Verlassene, welche die tiefeingefallenen Augen müde aufhat, Clemence starr anblickte, und mit einem Seufzer wieder in sich selbst zurück sank. Nicht ein Gruß entschwebte den blauen Lippen, nicht der schwächste Händedruck belohnte das treue verstoßene Kind, nicht eine Träne der Rührung sammelte sich in dem trüben Auge. Aber Clemence hoffte ja nicht auf Dank, sie war überschwenglich belohnt, weil sie die Totgeglaubte noch atmend gefunden. Besonnen und behende streute sie Kissen und Polster auf den harten Boden, und bettete mit wunderbar gestärkter Kraft die Mutter auf dieses Lager, holte Wasser herbei, ihre glühende Zunge zu laben, Essig, ihre Pulse zu befeuchten, und wartete und pflegte, so gut sie es vermochte, die Leidende, deren Fieber wiederkehrte, grimmiger als zuvor. Nach einer peinlichen Stunde der Klagen und Einsamkeit kamen mit schleppenden Schritten Leute herbei. Zuerst ein Arzt, den schon vor mehreren Stunden ein fliehender Domestik des Hauses beschieden hatte. Don Cabras, ein Spanier von Geburt, berüchtigt durch seine Pedanterei und seinen Eigensinn, erschien in einer Kleidung, die, von den Ärzten zu Marseille in Pestzeiten allgemein beliebt, schon an und für sich dem Kranken den blassen schauerlichen Tod verkündete. Eine eng anschließende Lederkappe verhüllte Kopf, Gesicht und Nacken des Doktors, seine Augen schauten durch eingesetzte Gläser, die Öffnung am Munde war gerade nur für das Atemholen berechnet; zwischen den Zähnen hielt er einen in Wachholderessig getauchten Schwamm. Die Gestalt steckte in einer weiten Kutte von Wachstaft, dicke Handschuhe, in Essig getaucht, verwahrten die Hände, worinnen er einen langen dünnen Stab führte; er wandelte auf hohen dicken Holzsohlen. Also gepanzert, ging er gespenstig in die Mitte des Zimmers, blieb mehrere Schritte von Agathe entfernt, streckte den Stab gegen sie aus, tippte damit auf die Pulse ihrer Hände, die Clemence aufheben mußte, prüfte von ferne Gesicht und Körperbeschaffenheit der Unglücklichen, und sprach hierauf mit eintöniger Stimme: „Das ist die bösartige Pest. Mich sollte wundern, wenn bei dieser Person etwas an-schlüge. Geistlicher Trost wird das Beste sein. Gott allein könnte noch helfen.“

Hatte solch trostloses Todesurteil schon das Blut der armen Clemence in Eis verwandelt, so erschreckte sie doch noch viel heftiger der Anblick von einem Troß von Men-schen, der sich an die Zimmertüre drängte und furchtsam hereinschaute. Die Männer trugen die Livrée des Todes, kamen, um eine Leiche nach dem Kirchhof zu schleppen; hinter ihnen zeigte sich mit verzerrtem Gesichte der alte Dinart, der zur starren Bildsäule wurde, als er die Gattin noch am Leben, und die verbannte Tochter vor sich sah, die mit der Wut einer gereizten Tigerin ihm und den Totengräbern sich entgegenwarf, und außer sich rief: „Zurück, ihr Unbarmherzigen! Wollt ihr die Mutter bei lebendigem Leibe in die Grube werfen? Tötet mich, ehe ihr nur eine Hand an diese Frau legt. Sie lebt noch, und Gott lebt noch, und er wird sie erhalten, wenn auch die ganze

Welt sie verläßt." – „Clemence", murrte Dinart, halb von Erstaunen, halb von Unwillen ergriffen, und die Tochter fiel ihm schnell ins Wort: „Zürnen Sie nicht, mein Vater. Ich werde nicht hier bleiben. Ist die Mutter gerettet, so gehe ich wieder in mein Elend, und stirbt sie, so mögen diese Leute zwei Leichen statt der einzigen wegbringen!"

„Die Unbesonnene kann Recht haben"; versetzte Cabras, gravitätisch nach der Türe gehend. Vor ihm flohen Dinart und die meisten der Leichenträger. Einer der Beherztesten fragte den Doktor, ihm scheu ausweichend, was hier eigentlich zu tun sei. Cabras erwiderte achselzuckend: „Kommt morgen wieder, und eure Ladung wird bereit sein." – Die Totengräber segneten sich und riefen: „Der heilige Rochus behüte uns! Wenn die Sterblichkeit und Pest so fortschreitet, so tun wir keinen Dienst mehr. Wir haben auch Weib und Kind, und schon die Berührung dieser Leichen tötet" – Gleichmütig entfernte sich der Arzt, den vor dem Hause sein wartender Diener, mit einem Strom von Essig überschüttete. Die Leichenvögel zerstiebten wie Nachtgespenster, und nur zwei Kerle blieben auf den Stufen des Hauses zurück. Der eine besudelte die Türe mit einem roten Kreuze, dem Zeichen eines verpesteten Orts, der andere hatte sich durch vieles Geld bewegen lassen, vor Dinarts Eigentum Wache zu halten, mit dem Bedeuten, niemand hinein oder herauszulassen, als etwa einen Arzt oder einen Geistlichen.

6.

Thomas wiegte die kleine Rosa auf seinen Armen, und trug sie auf und nieder in der Stube, worinnen noch kein

Licht brannte, obschon es draußen sehr dunkelte. Der Knecht, an Schifferarbeiten und Lasttragen gewöhnt, hatte seine liebe Not mit dem Kinde, weil es nicht einschlafen wollte, und beständig nach der Mutter oder nach der alten Gouthoun verlangte. Mit Mühe hatte sich Thomas auf die Romanze vom Grafen Carabas besonnen, die man ihm als Knabe vorgesungen, und schon zwanzigmal hatte seine ungelenke Zunge sie wiederholt, ohne daß damit die Kleine in Schlummer gelullt worden wäre. Und der Knecht seufzte schwer, wie noch nie beim härtesten Tagwerk, und tat im Stillen ein Gelöbnis nach dem andern, daß Gouthoun und Clemence nur wiederkommen möchten, ihm die ungewohnte Bürde abzunehmen. – Endlich raschelte es an der Türe, und ein Weibergewand rauschte in das finstere Gemach. „Seid Ihr's, Gouthoun? Gott sei Dank, daß Ihr kommt." – „Ei was, ich bin nicht Gouthoun"; antwortete Bertrandes Stimme: „Warum habt Ihr aber kein Licht, Meister Thomas?" – „Hatte ich denn Zeit, die Lampe anzuzünden? Die unartige Rousoun läßt mir keine Ruhe, und ich weiß jetzt, daß eine Kindswärterin das übelste Los auf Erden hat." – „Geduld, lieber Thomas. Ich will gleich die Lampe bringen."

Nachdem sich Bertrande entfernt, murmelte Thomas in den Bart: „Sieh doch, wie die Jungfer auf einmal so artig mit den Dienstboten wird. Es war sonst nicht ihre Sache, aber ich wette, die Furcht vor der Pest wird noch Steine erweichen. Schlaf nur jetzt einmal, liebe gute Rousoun." – Das Kind war schläfrig und müde von vielem Schreien und Weinen, aber es wehrte sich gegen den Schlummer, und steigerte durch sein widerwärtiges Benehmen die Ungeduld seines Wärters. Als nun Bertrande wiederkam, die Lampe auf den Tisch setzte, und mitleidig fragte: „Wie kommt Ihr nur zu dem neuen Amte?" so antwortete Thomas nicht ohne Verdruß: „Es sind ja plötzlich alle Hausbewohner davongelaufen. Unsere Base ging schon heute Morgen fort; seit Mittag ist Herr Foulques in Amtsgeschäften abwesend, und weil Mamsell Clemence gar nicht wiederkam, obgleich Stunde auf Stunde verstrich, hat sich die alte unruhige Margarethe auf die Beine gemacht, sie zu suchen, und mir bis zu ihrer Heimkehr das Kind anvertraut. Gouthoun ist schon lange aus, und ich schwitze Blut und Wasser, einmal, weil ich mit Kindern nicht recht umzugehen weiß, und endlich, weil vor kurzem die Nachbarin Claudine mir zum Fenster heraufgerufen hat, daß die alte Sybille ihr sagte, daß meine Liebste, die braune Renata, krankgeworden sei. Sie soll zwar nicht die Pest haben, aber, Pest oder nicht, mein Platz wäre an ihrem Bette, weil wir uns beide so lieb haben, und weil sie genesen würde, wenn sie mich nur einen Augenblick an ihrem Lager sähe." – „Was gebt Ihr mir, wenn ich Eure Stelle vertrete, bis Margarethe zurückkommt?" – „Ja, das ist so eine Sache. Gouthoun sieht das Kind nicht gerne in Eurer Nähe." – „Ungerechtes Vorurteil; jedes Weib hat ein fühlend Herz für die unschuldigen Kleinen. – Indessen: mir kann's Recht sein, Renata kommt allein dabei zu Schaden. Guten Abend, Thomas."

Der arme Bursche war im Gedränge: seine Liebe war ihm ja auch das höchste Gut auf Erden. Ohne sich länger zu bedenken, lief er der hinkenden Bertrande nach, drückte ihr das schlaftrunkene Kind in die Arme, und sagte mit treuherziger Stimme: „Seid nur nicht böse, liebe Jungfer, und nehmt Euch auf ein paar Augenblicke des kleinen Wesens an. Renata wohnt nicht weit, ich will springen wie ein Wettläufer, und bin gewiß wieder daheim, ehe Margarethe eintrifft." – „Meinetwegen, um Euch einen Gefallen zu tun. Laßt mir dafür den Hausschlüssel" – „Wenn ich ihn selbst hätte! den einen nahm Herr Foulques, den andern trägt Gouthoun bei sich." – „Schlimm; wie wollt Ihr aus dem Hause kommen?" – Ganz einfach, mit Eurer Erlaubnis. Im Flur ist ein altes Fenster, unvergittert; durch dieses Fenster springe ich auf die Straße. Ich binde Euch das Kind auf die Seele. Nur eine Viertelstunde Geduld!"

Thomas führte seinen Plan alsobald aus, und Bertrande trug, ein Ammenliedchen summend, die wieder unruhig gewordene Rosa nach ihrer Kammer. Mit falscher Freundlichkeit nahm sie dort das Kind auf den Schoß, fütterte es mit eingemachten Früchten, und trieb alle Ammenkünste so geschickt, daß Rosa, die in den Armen des freundlichen Knechts nicht schlafen wollte, an dem Herzen der Feindin fest einschlummerte. Zur selben Zeit klopfte der Versucher leise und vertraut an das Fenster, und herzklopfend öffnete Bertrande, das Kind auf dem Arme haltend. – „Guten Abend, freundliche Mutter; Sie haben Wort gehalten. Tun Sie noch mehr: Öffnen Sie mir die Pforte." – „Ich kann nicht, mir fehlt der Schlüssel." – „Der Schlüssel zu meinem Himmel, wehe mir! Grausame, sollen mich ewig starre Mauern von meiner Freundin trennen?" – „Ach, ich staune über Ihren Mut in diesen Zeiten der Gefahr, wo sich die Menschen fliehen." – „Ich kenne nur eine Gefahr: die für mein wundes Herz. Beten Sie für ihren armen Freund

Horatio; solche Fürbitte tut mir not. Lassen Sie auch diesen Engel für mich beten." – „Dieses Kind? Sie schwärmen. Es vermag kaum das *Ave* zu stammeln, das man ihm vorgesagt. Sie sind unglücklich?" – „Unaussprechlich; Ihr Mitleid würde mich trösten, aber Sie stoßen mich zurück." – „Mein Herr..." – „Ziehen Sie nicht eben die Hand zurück, die ich zu erfassen begehrte? Die unschuldigste aller Vertraulichkeiten weigern Sie mir." – „Welcher Argwohn! Sie sind mir unbekannt... dennoch fühle ich mich gedrungen, Sie zu schätzen... hier meine Hand darauf" – „Welch' ein Glück! Ich bin entzückt; diese Hand... dürfte ich sie vor dem Altare empfangen!" – „Ach, welch ein Ungestüm!" – „Das höchste Kleinod wäre mein! Familienglück ist das Höchste; wären Sie meine Gattin, dieses Kind das unsere..." – „Pfui doch, ich vergehe vor Scham." – Lassen Sie mich die Wange dieser Kleinen küssen, die Wange, die gewiß Ihr Mund schon hundertmal berührte." – „Wo denken Sie hin? es schläft." – „Desto besser: es wird den fremden Mann nicht fürchten." – „Die Nachtluft..., das zarte Wesen..." – „An meinem Herzen ist's warm, und im nächsten Augenblick kehrt es wieder der lieben Pflegemutter zurück." – „Wie könnte ich ihnen widerstehen?" stammelte Bertrande, und bog sich mit dem Kinde aus dem Fenster zu dem harrenden Schmeichler hinab. Mit starker Faust entriß dieser das kostbare Pfand den Händen des schwachen Weibes, rief mit Hohngelächter: „Vielen Dank, leichtgläubige Dirne!" und verschwand mit dem Kinde, welches laut aufschrie.

Ein menschliches Gefühl für das hilflose Geschöpf, verbunden mit aufbrausendem Grimm ob der beispiellosen

Täuschung, jagte Bertrande, um den Räuber zu verfolgen. Der Zorn der Ohnmächtigen scheiterte an den Riegeln der Türe, und der Angstruf des Kindes verhallte schon ferne in undeutliches Wimmern, als Bertrande durch das Fenster ihr Zetergeschrei ertönen ließ. Kaum achtete die Nachbarschaft darauf. Nur einige Neugierige kamen auf die Straße, kehrten dann schnell um, mit den Worten: „Da ist in Foulques Haus gewiß die Pest ausgebrochen!" und versperrten sich in ihren Wohnungen. Ein einziger Mann, – es war Thomas – drang durch die offenstehenden Laden des Flurs zu der heulenden und schluchzenden Bertrande. „Was habt Ihr mit dem Kinde angefangen?" rief er blaß vor Schrecken. Bertrande stotterte schnell besonnen eine Fabel: wie sie eingeschlafen, das Kind auf dem Schoße, wie ein unbekannter Räuber hereingedrungen und es entführt. Thomas verwünschte sich selbst, daß er dem Diebe wegen das Haus offengelassen, aber Margarethe, die zur selben Frist herbeikam, zerraufte sich das Haar, zerschlug sich die Brust, fluchte ihrem Geschick, und beweinte mit blutigen Tränen das Unglück der Mutter, die, in einem Pesthause eingeschlossen, ihr einziges unaussprechlich geliebtes Kind verloren.

Diesen Jammer, diese Klagen hinter sich lassend, rannte der Räuber, das schreiende Kind in seinen Mantel gehüllt, die engen und krummen Gassen der Altstadt hinan, worinnen er vollkommen Bescheid wußte, bis zu einem weit entfernten Häuschen, schlüpfte in dessen finsteren Gang, eine enge Stiege hinan, und in ein abgelegenes Gemach, worinnen ein dunkelfarbiger Mensch beschäftigt war, Kleidungsstücke und Habseligkeiten in eine

Kiste zu packen. – „Triumph, mein lieber Hamet!" rief der Fremde, das Kind emporhaltend: „Ich habe es, endlich ist es mein!" – „Glück zu, Meister Carlo. Was befiehlst du nun?" – „Nimm die Kleine, gehe säuberlich mit ihr um, wiege sie ein, und warte dann geduldig meiner. Mit dem ersten Strahl des Tages segeln wir ab. Ich eile hinab zum Hafen, und biete den Herrn der Barke auf, den ich gedungen. Sobald seine Knechte unser Gepäck geholt, folgen wir mit der kleinen Rosa. Ehe wir's uns versehen, ankern wir in Korsika, und dann mag aus Marseille werden, was da will. Dein Kopf steht mir für diesen kleinen Schatz; du weißt, wie ich ihn liebe, wie mein Herz daran hängt, was ich um seinetwillen wagte. Mehr bedarf es nicht, um deine Treue anzueifern." – Er warf den Mantel von sich, und das borbierte Kleid, schlüpfte in ein graues unscheinbares Kamisol, drückte einen Schifferhut ins Gesicht, küßte die staunende Rosa, welche, sehr ermüdet, wieder in Schlummer sank, auf Stirne, Wange und Mund, und entfernte sich so eilig, als er gekommen war. Hamet hätschelte das Mädchen, überhäufte es mit arabischen und fränkischen Schmeichelworten, und das Kind ergab sich in die neue Lage, und fragte nur, mit dem Sandmann kämpfend: „Wann kommt denn die Mutter wieder, und wann meine liebe alte Gouthoun?" worauf der maurische Knecht, die weißen Zähne bleckend, in singendem Ton erwiderte: „Kennst du mich nicht, du glatter Aal? Ich bin ja selbst deine alte Amme, und die Mutter kommt gewißlich bald, bei dir zu schlafen."

Darauf verfiel das Kind in den tiefsten Schlaf, und Hamet bettete es sorglich in den Mantel seines Herrn, und machte sich geräuschlos wieder an seine Arbeit, als ein dumpfes Gepolter im Erdgeschosse laut wurde, vermischt mit Weiberklagen und Kindergeheul. Hamet eilte erschrokken zur Treppe, wo ihm die Hausfrau mit fliegenden Haaren entgegenkam, und verzweiflungsvoll zeterte: „Die Seuche hat meinen armen Mann befallen! Hört ihr's, ihr fremden Spitzbuben? Ich wußte ja, daß wir ein Unglück haben würden, weil er euch ein Obdach gab. Ihr habt die Pest mitgebracht, in euren Kleidern steckt sie; Gott verdamme Euch!" – „Du bist von Sinnen, Weib. Gott ist groß und alles kommt von ihm. Ich habe selbst in meinem Vaterlande schon die Pest gehabt, und bin nicht daran gestorben." – „Weil ein Teufel den andern nicht holt, ein böses Auge das andere nicht blind macht. Aber ihr sollt hängen, du und dein Spießgeselle, von denen niemand weiß, wie sie hieher gekommen, und ob sie ihre Zeit im Lazarett gehalten." – „Hänge dich selbst, alte Hexe!"

Verdoppeltes Geheul, und das dumpfe krankhafte Ächzen des schnell erkrankten Hausvaters lockte die Furie wieder in ihre Wohnung zurück. Hamet folgte, und sah bestürzt, wie der Tod schier mit einem Schlage sein Opfer von der Erde tilgte. Das Leiden des armen Schuhmachers, eines Familienvaters von starker Familie, währte kaum eine Viertelstunde. Kein Zeichen der Pest war vorhanden, ein Stickfluß schien des Mannes Ende herbeigeführt zu haben. Dennoch flohen alle Kinder und Verwandte den Toten, und antworteten nur mit Gezeter einer hereindringenden Patrouille, an deren Spitze ein Stadtbeamter ging. Dieser Mann war beinahe verrückt vor Pflichteifer und Entsetzen. „Die Pest!" schrie er aus vollem Halse: „Totengräber, herein! schleppt die Leiche weg, führt alle Anwesende in das Lazarett, vernagelt, vermauert die Türen!" – „Schonung, Barmherzigkeit!" jammerte die Familie, und warf sich vor dem Beamten auf die Knie. Dieser wiederholte zornig den Befehl. Die harten Fäuste seiner Begleiter packten die Unglücklichen; Hamet, der die dringendste Gefahr für sich und seinen Herrn fürchtete, gedachte mit Schrecken der Kindes, holte es schnell wie der Blitz, und versuchte, sowohl dem Einmauern als dem Spital zu entgehen, sich durch den Troß der Schergen und Handlanger zu schlagen. „Wo hinaus!" schrien diese betrunkenen Wächter: „wer bist du, was trägst du?" – „Das ist der Mensch, der die Pest ins Haus brachte!" raste das Weib: „Seine Kleider sind vergiftet, haltet ihn auf, daß er nicht andere Christen an stecke!" – Hamet, alle seine Stärke anwendend, warf sich in den tobenden Schwarm, schlug sich mit seiner Beute ins Freie, und lief was er konnte. Einige Wächter setzten ihm nach, schleuderten ihre Stöcke zwischen seine Beine; er fiel; der Nächste an ihm war der älteste Sohn eines Hauswirtes, ein blankes Messer in der Faust. „Stirb Hund, der meinen Vater umbrachte!" schnaubte der junge Mordlustige, und stieß dem Mauren die Waffe so gewaltig in die Seite, daß er, ohne einen Laut von sich zu geben, sich konvulsivisch streckte und starb. Bei dem Schimmer der Laternen der herzukommenden Wächter wickelte man das Kind aus den Gewändern des Toten. Niemand kannte das arme Wesen, niemand wußte, wer dessen Mutter und die alte Gouthoun war, nach denen es schrie. „Verschwendet nicht die Zeit mit dem heulenden Wurme!" donnerte der Staatskommissar: „ins Spital mit ihm, mit all' den übrigen; ins Gefängnis mit dem Mörder. Gott wird die Seinigen schon herausfinden!"

7.

Carlo streifte mit unruhigem Herzen, Verwünschungen auf der Zunge, am Hafen auf und nieder. Bis zum Fort St. Jean und dann wieder zurück nach dem Stadthause lief er unermüdet, rufend, pfeifend, in die Hände klatschend. Aber so oft er auch den Namen seines Schiffers rief, so antwortete ihm doch nur der ferne Ruf einer Schildwache oder das Geheul der Hunde auf den Schiffen. Der Rand des Hafenbeckens war leer von Menschen, und ein Matrose, der aus irgendeinem verbotenen Schlupfwinkel dahertaumelte, war die einzige Seele, die dem nächtlichen Abenteurer begegnete. „Wo liegt Bartholdis Schiff, guter Freund?" – „Der Teufel weiß, wo es jetzt ankert. Müßt ihm fein nachlaufen, so Ihr's erwischen wollt. Diesen Abend fuhr es ab, mit Passagieren befrachtet, die nach Livorno gehen." – „Nicht möglich!" – „Hol' Euch der Drache, wenn Ihr mir nicht glauben wollt, Halunke!" Fluchend und brummend stolperte der Schiffsknecht fort, und ließ den getäuschten Carlo in peinlichster Verlegenheit zurück. Auf einem alten Boote sitzend, das zum Trocknen auf dem Kai lag, sann der Fremde ängstlich nach, wie am schnellsten fortzukommen sei. Zu Lande keine Möglichkeit; die Fahrt zu Wasser war die einzige, welche übrig blieb, aber kein Schiff mehr da, bereit, nach Italien abzusegeln. Und dennoch mußte die Reise schnell und ohne Aufsehen unternommen werden, und länger in dem geöffneten

(78)

Pestgrabe zu verweilen, schauderte Carlo, da er nun den Zweck seiner Anwesenheit erreicht. – Unfähig, im Augenblick, ohne vorhandene Mittel, einen Entschluß zu fassen, sprang er unmutig von seinem Sitze auf, und machte sich auf dem schnellsten Rückweg nach seiner abgelegenen Wohnung.

Niemand malt sein Staunen, als er vor der Pforte ankam, und einige Handwerksleute daselbst antraf, die bei dem Scheine eines Pechkranzes beschäftigt waren, die Haustüre zu vermauern, die Fensterläden zu vernageln. Die Hütte war schon mit den blutroten Kreuzen bezeichnet, und die äußerste Mutlosigkeit bemächtigte sich Carlos, weil ohnehin sein böses Gewissen ihm verbot, frank und frei nach den Dingen zu forschen, die sich hier zugetragen. Wie er nun so dastand, starr und angstvoll schauend, während sein Herz in Todesangst schlug, kehrte sich einer der Maurer zu ihm, und sprach: „Was faulenzest du, was gaffst du? hilf uns, du breitschultriger Nachtwandler!" – „Laßt mich in Ruhe, ich bin nicht Eures Handwerks" – „So gehe deine Straße, und laure nicht hier; du siehst aus, wie ein Beutelschneider, dem die Krankheit zum täglichen Brot verhelfen soll."

Der Mensch wurde durch seine Gehilfen unterbrochen, die mit dem Ausdruck des Schreckens nach der Seitengasse deuteten, und riefen: „Seht Ihr die Fackeln? Hört Ihr die Eisenstangen übers Pflaster rasseln? Das sind die Raben, die Raben kommen!" Alsbald verließen sie Hammer, Kelle und Leitern, und versteckten sich ängstlich in einen Winkel. Carlo, über diese plötzliche Flucht bestürzt, erwartete unschlüssig den Trupp, der aus dem Gäßchen

hervorbrach, und sah sich ohne Verzug von den furcht-
baren Trabanten umringt, die von den Schöppen zum
Begräbnisdienst aufgeboten worden, nachdem die Knechte
des Lazaretts dem Magistrat die Pflicht verweigert hatten.
Wilde verwegene Leute aus der Hefe des Volkes, halbnackt,
ihre derben Muskeln kaum verhüllend unter den Lumpen
des Elends, vor der Hand bereit zum ekelhaftesten Dienst,
aber auch zum Verbrechen, bildeten den Troß, den man
schon zu Marseille mit dem Namen der *Raben* bezeich-
nete. Sie schritten einher wie eine Henkerschar, Fackeln in
den Fäusten, mit Stricken umgürtet, und schleppten nach
sich die langen eisernen Haken, womit die Leichen ange-
faßt wurden, weil man schon jede Berührung derselben
fürchtete. Der Schöppe Estelle und einige Stadtdiener
führten diese gräßlichen Menschen an, bloße Degen in den
Händen; nur der blanke drohende Stahl vermochte die
Harpyien zum Werke anzutreiben, ihr Ausreißen zu ver-
hindern. Jeder, der ohne Geschäft und Beruf zur Nachtzeit
auf der Straße ging, wurde von ihnen aufgegriffen, mußte
sich zur Mithilfe an die Rotte schließen. So erging es auch
dem überraschten Carlo. Auf dem Fleck wurde er geworben, mit Strick und Haken belehnt, und folgte erbittert
und schaudernd der Rabenherde, um einer Untersuchung
und größerem Unheil auszuweichen.

Sie machten eine fürchterliche Runde durch die Stadt,
drangen in jedes Haus, wo Licht und Bewegung zu schauen
war, zerrten die an der Pest Gestorbenen vom üppigen
Bett, vom faulen Strohlager. Carlo mußte zitternd Hand
anlegen. „Stelle dich nicht so ungeschickt, Bursche";
krächzte ihm einer der wildesten Raben zu: „Kannst du

keine Schlinge machen, und sie um die Beine dieses Toten werfen? So; knüpfe den Knoten, knüpfe ihn fest. Klemme den Haken ein, zieh' mit beiden Händen an... Marsch!" – Und Carlo zog, sich wegwendend, die Hände auf dem Rücken, die Leiche nach sich, und schleifte sie die Treppe hinunter, daß auf jeder Stufe Kopf und Schultern polternd auffielen, und ihm folgte das Wehgeschrei der Angehörigen, daß ihm das Herz erbebte. Seine entmenschten Begleiter lachten roh des allgemeinen Elends, spotteten des Reichen, den der Tod geschlagen, priesen mit unsauberen Flüchen den Armen glücklich, der in solcher Not von der Welt geschieden. „Heult nicht!" höhnten die Raben die winselnden Kinder, die schluchzenden Verwandten: „Morgen kommt die Reihe an euch, und wenn wir sauber aufgeräumt, holt uns selbst der Satan durch alle Lüfte!" – Der Schöppe durfte solchem Spott nicht wehren, wollte er nicht zur Stunde verlassen sein; mit blutendem Herzen teilte er sein Geld unter die Dürftigen aus, sprach er Worte ungenügenden Trostes zu den Gebildeten. Die Beichtväter, welche hie und da an Sterbelagern vom Zorne Gottes predigten, und die gräßliche Seuche als eine Strafe der Sünder schilderten, wurden von der verzweiflungsvollen Trauer der Zurückbleibenden grimmig verlacht. „Die tugendhaftesten Menschen sterben, selbst Priester fallen unter der Sense des Todes!" schrie man den Bußpredigern ins Gesicht: „Wo ist da Gerechtigkeit? Gott weiß nichts von uns, aber die Welt geht zugrunde!" – Andere bettelten fußfällig bei den Schöppen, ihre Häuser nicht zu sperren, sie nicht nach dem Lazarette bringen zu lassen. – „Beruhigt euch, ihr Toren!" grinsten die Raben: „Es ist nicht mehr nötig, eure Hütten zu verschließen, denn schon wütet die Pest überall. Das Spital ist voll, hat nicht mehr Raum für euch; in den Leichengruben allein ist noch Platz, wenn ihr zu sterben euch beeilt." – „Wir hungern, edler Konsul! Die Nachbarn versagen uns Hilfe und Nahrung; nehmt Euch unseres Elendes an!" – „Betet, ihr armen Leute; der Herr allein vermag in solchem Trübsal zu helfen."

Die Körper, die aus den Häusern geschleppt worden, lagen auf den Kreuzstraßen in unordentlichen Haufen beisammen, und wurden langsam auf Schiebekarren fortgebracht. Die allzureiche Leichenernte machte nötig, daß die Raben sich in kleineren Banden zerstreuten, und die Wohnungen durchsuchten. Überall, wo die Aufsicht des Schöppen fehlte, ging zügellose Grausamkeit in ihrem Gefolge. Carlo mußte sehen, daß Kranke, die noch atmeten, entkräftete Greise, zu den Toten geworfen wurden. Glücklich diejenigen, die, auf dem Pflaster geschleift, ihren Geist aufgaben; dauerte das Zucken des Lebens auch dann noch fort, so töteten die ungeduldigen Raben den hartnäckigen Kranken mit einem Schlage des Eisenhakens. Wo Reichtum zu verspüren war, mußte erst Gold fließen, ehe nur die rohen Knechte Hand ans Werk legten; wo irgend etwas von Wert in ihrem Bereiche war, fiel es in ihre räuberischen Klauen. Es war, als ob die Stadt einer nächtlichen Plünderung preisgegeben wäre, und die kalte, schmutzige Selbstsucht der meisten Bewohner arbeitete den abscheulichen Raben in die Hände. Bei weitem nicht überall stand treue Liebe an dem Bett des Sterbenden, kämpfte heilige Trauer mit den Handlangern der Gewalt, um die Reste des verehrten Toten. Die Kinder verstießen die Leiche der Eltern, die Gattin floh den sterbenden Gemahl, Haß, Furcht und Habsucht verödeten die Gemächer des Siechtums, gaben das Opfer den Henkern preis, schwiegen zu den Mißhandlungen derselben, lieferten sogar nicht selten, als an der Pest verschieden, Leiber aus, die der Meuchelmord hingerichtet. Kein Nachbar kümmerte sich um den andern, keiner ehrte den Schmerz des Freundes, so schnell zerrissen alle Bande der Sittlichkeit und Gesellschaft. Wilde Trinkgelage wurden neben Pesthäusern gefeiert, Tamburin und Pfeifen übertönten die Seufzer der Sterbenden. In den Wohnungen der Kurtisanen ging es locker her, wie sonst; doppelt ausschweifend und toll gebärdeten sich die Verworfenen, die Freunde der Verworfenheit. In eines dieser Häuser brach die Schar der Raben; Lichter glänzten durch die Vorhänge, an den Fenstern flogen Schatten hin und her. Die Raben witterten dort den Tod, und täuschten sich: sie fanden Leute, die im wilden Bacchanal das Leben zu vergeuden eilten, das sie der Seuche verfallen wähnten. Des Schöppen Zorn entbrannte, streng befahl er die Tafel umzustürzen, den Wein zu verschütten, und mit bitterem Unmut riß er einen aus der trunkenen Gäste Reihe, im ins Ohr flüsternd: „Maximin, junger frevelhafter Mann, was beginnen Sie an diesem Orte? Die Geißel peitscht Ihre Mitbürger blutig, Ihre Mutter stirbt, und Sie berauschen sich in ekelhafter Sinnlichkeit, sich selbst und Ihrer Braut zur Schmach?" – Maximin schwieg verstockt, und kehrte dem wackeren Estelle den Rücken. – Der Schöppe fuhr strenger fort: „Gehen Sie, ich befehle es Ihnen. Wo ist Ihr Vater?" – „Bin ich sein Hüter?" antwortete Maximin mit Kains Worten. Estelle schaudert, und ließ ab von dem Verblendeten, dessen Frevelmut sogar die greulichen Raben stutzen machte, – den mit Verachtung anzuschauen nur einer im Trosse nicht wagte: Carlo verbarg sein Angesicht vor Maximins Blicken.

Als die Schar wieder in die Karmelitergasse einbog, fand sie, an einem Brunnen ausgestreckt, verlassen von jeglicher Hilfe, einen wohlbeleibten Mann in feinen Kleidern. Der Tag bleichte, und machte die Gegenstände zweifelhaft. Mit halbabgebrannter Fackel leuchtete der Schöppe in das Gesicht des dahingestreckten Mannes, und rief bestürzt: „Das ist Herr Dinart, um Gottes willen! Lebt er, oder ist er schon dahin?" – Dinart atmete, sein Puls schlug fieberhaft, aber alle seine Kräfte waren dergestalt gesunken, daß sogar die Raben Mitleid empfanden, und den Sprachlosen mit besonderer Behutsamkeit nach dem alten Spitale trugen, dem einzigen Zufluchtsort, der den Kranken in der weiten Handelsstadt offenstand. Carlo sollte dabei helfen, lehnte aber beharrlich diesen Dienst ab, obgleich er ihm Gelegenheit zur Flucht hätte geben können, und zog vor, dem wilden und müden Haufen nach dem Corso zu folgen, wo ein Frühstück ausgeteilt werden sollte, und er von Hamet etwas zu erfahren hoffte. – Auf dem Corso stieß eine neue Verstärkung zu dem Gelichter der Raben. Der Kommandant des Arsenals endete, nach langem Zögern den dringenden Bitten des Magistrats willfahrend, einen Trupp von Galeerensklaven, den Pestdienst zu übernehmen; lauter verwegene Gesichter, rüstig und zu dem Schwersten aufgelegt. Sie traten unter den völligen Befehl der Konsuln, doch mit der sonderbaren Bedingung, daß der Magistrat, wenn einige davon zugrunde gehen sollten, eine gleiche Anzahl für des Königs Galeeren herbeischaffen müsse. – Sofort wurden ihnen auf dem Corso die schweren Ketten abgeschlagen, und nur ein leichter Ring am Fuße gelassen, worauf sie, sowohl Türkensklaven als zur Ruderbank verdammte Verbrecher, sich mit barbarischer Fröhlichkeit unter die Raben mischten. Einer der Schorköpfe ging gerade auf Carlo zu, lüftete ihm den in die Augen gedrückten Hut, und blickte ihm starr ins Auge.

„Raoul!" rief Carlo erschrocken. „Guten Tag, Freund Malatesta"; antwortete der Sklave grinsend. – „Wenn dir jemals im Leben etwas teuer gewesen, so verrate mich nur jetzt nicht!" bat flüsternd der Genueser, der sich entdeckt sah, und Raoul versetzte kalt: „Laß hören, was du mir bietest, und ob es der Mühe wert ist!"

8.

Victor, von wichtigen Geschäften aufgehalten, die ihm sein Vater mit dem größten Ernste zu endigen befohlen, weil er in seiner Zärtlichkeit das Haupt des Sohnes zu schützen begehrte, kam nach ziemlich langer Abwesenheit auf der Straße von Avignon und Aix nach Marseille zurück. Auch in den Mauern des Parlamentssitzes wütete schon die Seuche; der Reisende hatte die Stadt umgangen, und förderte seinen Lauf, auf einem muntern Maultiere reitend, so viel er konnte. Der Kordon war aufgelöst, weil er der Parlamentsstadt keinen Nutzen mehr brachte, aber das platte Land der Provence, das Gebiet von Marseille, waren angesteckt von der Landplage, gleich den Städten.

Victor bemerkte viele Hütten, welche leer und ausgestorben standen; viele, woraus Gesichter des Jammers trostlos in die schwarze Zukunft starrten. Er kam vorüber an den weit entlegenen Marktplätzen, die Marseille mit dem notdürftigsten Lebensunterhalt versahen, – wo Käufer und Verkäufer, beide Parteien hundert Schritte voneinander entfernt, hinter festen Schlagbäumen zusammengedrängt, vermittelst Sprachröhren einander zuriefen, was sie brachten, was sie verlangten, welche Preise sie forderten, welchen sie gaben; die Körbe und Lasten wurden alsdann mit langen Stangen in die Mitte des leeren Raums geschoben, mit Eisenhaken vom Käufer an sich gezogen; auf eisernen Schaufeln reckte man das Geld für die Ware hin, und der Empfänger, nachdem er's mit scharfem Auge von ferne überzählt, stürzte es in den Eimer voll Essig, um es sodann gereinigt hervorzuziehen. – Trauriger Handel, kümmerlicher Verkehr, nach dessen Vollzug beide Teile den Weg nach ihren Häusern flüchtig einschlugen, als säße ihnen der Pfeil im Nacken; sie schieden, ohne zu wissen, ob am nächsten Morgen Bedürfnis und Habsucht sie wieder auf diesem Flecke vereinigen, oder ob das Grab sie schon verschlungen haben würde. „Wo reitet Ihr hin? Was wollt Ihr in der Stadt des Todes?" fragten Hunderte den jungen Reiter, und konnten nicht begreifen, wie einer, den das Schicksal bisher gnädig von der Gefahr entfernt, freiwillig dahin zurückkehren mochte. Victor hatte jedoch von Jugend auf sein Herz mit Mut gepanzert, und so wie er bereits als Knabe stets der erste gewesen, wenn es galt, die Kletterstange zu erklimmen, oder von der Spitze des schräg ins Meer gesenkten Mastbaums den gefährlichen

Preis zu holen, so hatte er auch später als kunstgeübter Steuermann dem Verderben stets kalt ins Auge geschaut, ob ringend mit empörten Wellen, ob anlaufend gegen das Raubschiff, feuernd mit der Linken, Pistol oder Säbel in der Rechten. Auf seinem Herzen lag schwer die Not der Geburtsstadt, die Gefahr des Vaters, von dem er seit langen Wochen nichts vernommen, das Schicksal seiner Base, des einzigen Weibes, das er liebte, tiefer und gewaltiger, als er selber ahnte; – sein eigen Leben war ihm nichts; für seinen Leib war er so wenig besorgt, als ob er gegen Tod und Pestilenz gesichert wäre von Ewigkeit.

Die feurige Morgensonne rief einen drückend heißen Tag herbei, als Victor durch das Gebiet von Marseille ritt. Kein Luftzug vom Meere milderte den brennenden Strahl; schon seit mehreren Tagen hatte der Mistral der grimmigsten Hitze Platz gemacht. Vor einigen Bauernhäusern am Wege saßen zerlumpte Männer unter schlechtem Vordache und bettelten die Reisenden an, so die Straße zogen. Mit der größten Unverschämtheit forderten sie, was ihnen gutdünkte, und drohten im Weigerungsfall, selbst heranzukommen, und die Wanderer durch ihre Berührung anzustecken. Schaudernd gehorchten die Reisenden dem Befehl; auch Victor opferte den Gaunern einige Silberstücke, die aber nicht hinreichend befunden worden, und wofür, zum schuldigen Danke, dem Reiter eine Kugel nachsauste. Der Schuß traf nicht, und fluchend sprengte Victor voran, einem Trupp von Menschen entgegen, die soeben einem Bauer Pferde und Wagen abnahmen. Es waren Raben aus Marseille, die einen Ausfall machten, Fourage, Vieh und Fuhrwerk aufzubringen, deren man in der Stadt bedurfte. Der Bauer schrie und weinte; vergebens. Victor bot in edler Aufwallung sein Maultier für das Pferd des Landmanns; man nahm ihm das Tier ab, ohne dem Bauer sein Roß wieder zurückzugeben. Er drohte, die Galeerenknechte lachten ihn aus, und der Übermacht weichend, mußte er zu Fuße weitergehen. – Unfern stand ein Pachthof; Diebe kamen heraus mit schweren Packen beladen. Das Geschrei der beraubten Eigentümer, die entweder krank oder von den Banditen darniedergestreckt auf der Schwelle lagen, folgte den Missetätern, die jedoch ihren Weg ungehindert fortsetzten, weil es keinen Rächer, kein Gesetz mehr gab in dieser Zeit unseliger Wirrnis. Solche Greuel hatte Victor nicht geahnt, und was er von einem Manne vernahm, der in sonderbarer Vermummung auf einem Stein am Wege saß, war wohl geeignet, Victors Erstaunen und Besorgnis zu vermehren. Der Vermummte war ein junger Arzt aus Montpellier, der, um der Barmherzigkeit und seiner Kunst willen nach Marseille gekommen, seine Dienste vorzugsweise den armen Kranken auf dem Lande widmete. Zum Dank für seine Nächstenliebe hatten ihn die Landleute, wo er sich im Pestkleide zeigte, mißhandelt, ihm Nahrung und Schlafstätte versagt, und an demselben Morgen war sein Pferd von einigen hungrigen Bösewichtern ihm geraubt, getötet und roh verzehrt worden. Der Arzt wußte nicht genug das steigende Elend in der Stadt zu schildern, und Victor, von der bösen Kunde ungeduldig aufgeregt, flog mehr, als er ging, die Vista hinab, den eilfertigen Schritt an den öden Bastiden vorüber nach der St. Lazarus-Vorstadt lenkend. – Ach, wie verändert erschien ihm die

Heimat! Nicht zur Hälfte hatte die Schilderung des Doktors von Montpellier die Wirklichkeit erreicht. Keine Wache an den Toren, die Zollhäuser leer, alle Läden und Werkstätten geschlossen, kein Volk auf den Straßen, als nur das Volk des Todes. Die grausamste Selbstsucht hatte ihren Gipfel erreicht, ehe noch die Seuche zu ihrem Höhepunkt gelangt war: Aus den meisten Häusern waren die Kranken gestoßen worden, und weil das Spital längst überfüllt, weil der Orkan ein zweites, das man von leichter Leinwand errichten wollte, niedergerissen, schmachteten die Verpesteten auf offener Straße, verzehrt von dem glühenden Sonnenbrand, durchschaudert von Nachtfrost. Nicht einmal auf den Bänken vor den Häusern noch unter den Schirmdächern derselben durfte das Elend verweilen; die raffinierte Härte der Eigentümer besudelte alltäglich diese Stellen mit Unrat, um die Kranken davon abzuhalten. So lagen die Unglücklichen längs den Rinnsteinen auf Lumpen oder dem rauhen Pflaster, entblößten in der Fieberhitze ihre Pestbeulen, tauchten ihre glühenden Hände, ihre brennenden Lippen in den Unrat, welcher durch die Gassen floß, erfüllten die Luft mit ihrem Geheul, wimmerten nach einem Trunk Wasser, den nur selten eine mitleidige Hand ihnen reichte. Neben diesen langen Reihen des bittersten Jammers wandelten nur einzelne Gesunde, hohläugig vor Hunger, mit scheuem Fuße vorbei, sodann Ärzte, die nicht zu helfen wußten, Galeerenknechte, die selbst mit Widerwillen und Abscheu ihre Opfer aufluden, und auf Karren wegführten, Priester, die in ihrem Berufe dahinstarben wie Mücken. Man hatte gelesen, daß während der berühmten Pest von Athen Feuer in der Stadt angezündet worden waren, um die Luft zu reinigen: flugs hatte man das gleiche getan. An den Kreuzstraßen loderten mächtige Flammen empor, die Kranken erstickend durch ihren Qualm, die herbe Glut des Sommers verdoppelnd. Über all diesem Dampf und Brodem, hoch über das Geheul des Siechtums, über die Lästerungen der Bettler hinaus, die, wenn auch mit Beulen geschlagen, meistens gesund und frech die Plage ausstanden, ragten schweigend die Türme der unglückseligen Stadt; ihre Glocken schlugen nicht mehr, mancher Uhrenzeiger stand still, denn auch auf den Glockentürmen hatte die Pest die Wächter getötet, und deren Gäste, die sich zu ihnen flüchteten; gleich wie sie auf den Schiffen im Hafen diejenigen schlug, die auf den Fluten ihr Heil suchten. Nirgends war Sicherheit: nicht im Arsenal, wo die Arbeiten stockten, nicht auf den Forts, wo keine Trommel mehr klang; Tod und Schweigen ringsum, selbst im Bereiche des Doms, von dessen Höhe der Bischof in fanatischer Angst die morschen Blitze des Banns gegen die Pest schleuderte, die vor dem Anathem nicht wich, wie sie nicht vor den Bittgängern geflohen war.

Mit gewaltsamer Anstrengung, zitternd vor unglücklicher Vorbedeutung gelangte Victor in die Gasse, wo sein väterliches Haus stand. Kein bekanntes Wesen begegnete ihm; einsam stand er vor der verschlossenen Pforte, und klopfte wiederholt, bis endlich oben eins der verriegelten Fenster aufging. Bertrande sah heraus, wider ihre Gewohnheit den Kopf mit farbigen Bändern geschmückt, goldene Ketten um den Hals, blitzende Steine in den Ohrgehängen. „Ach, mein süßer Jesus!" rief sie, und machte das Zeichen des Kreuzes: „Bist du es wirklich, mein Bruder? Was willst du denn?" – „Was ich will? blödsinniges Geschöpf, öffne mir das Haus." – „Wo kommst du her?" – „Von Avignon und Aix, bin müde, laß mich ein." – „Ach heilige Mutter, in Aix ist die Pest; du könntest sie mitbringen, das Haus anstecken." – „Thörin! ist meine Wange nicht rot, mein Auge nicht klar? Endige den unzeitigen Scherz und öffne." – „Die Haut ist näher als das Hemd, Bruder Victor. Ich weiß nicht, ob ich darf" – „Gott verdamme die einfältigen Weiber! Der Schatten eines Mannes ist mehr wert, als hundert törichte Dirnen. Thomas soll im Augenblick aufmachen." – „Ach Victor, Thomas ist gestorben." – „Schade um den guten Burschen; so du aber nicht auf der Stelle tust, was ich verlange, so wird der Vater deinen störrischen Kopf zurechtsetzen." – „Ach Victor, der gute Vater ist auch tot." – „Herr Gott im Himmel!"

Victors Knie brachen, bebend mußte er sich an der Pfortensäule halten. Dann warf er einen grimmigen Blick nach dem Fenster empor, und rief: „Unnatürliche Tochter! Unser Vater starb, und du gehst nicht in Trauer, schmückst dich lächerlich und abgeschmackt wie eine Buhlerin!" – „Schimpfe nicht, Victor. Gestern war mein Hochzeitstag, und einer jungen reichen Frau stehen Blumen besser an, als schwarze Schleier." – „Dein Hochzeitstag? Ungeheuer, hast du alle Scham verleugnet?" – „Ich habe Fleisch und Blut, und ein Herz wie andere Weiber. Die Welt geht zugrunde, ich wollte noch zuvor das Glück genießen, das Vater und Bruder mir neidisch verweigerten. Darum gab ich Herrn Roqualin meine Hand." – „Ich werde zu Stein. Dem bankrotten Krämer?" – „Schimpfe nicht, Victor. Eine reiche Erbin wie ich deckt alle seine Schulden, wenn du auch kommst, mein Erbteil zu verkürzen."

Roqualin, die Nachtmütze auf dem Kopf, erschien hinter Bertrande, und mischte sich barsch und trotzig in das Gespräch: „Habt Respekt vor mir und meiner Frau, Herr Schwager"; polterte er: „die Schöppen werden unsere Erbangelegenheiten schon mit der Zeit in Ordnung bringen, und Ihr mögt, sobald ein Arzt Euch untersuchte, und Euer Leib und Kleid gereinigt wurde, immerhin das Erdgeschoß in diesem Hause beziehen, wenngleich ohne fernere Gemeinschaft mit uns. Hütet jedoch Eure Zunge; ich bin ein ordentlicher Bürger, und zahle, was ich schulde, und wüßte gar nicht, warum ich Madame Renard nicht hätte heiraten sollen." – „Madame Renard?" – „Nun ja, mit Respekt zu melden. Eure Schwester wurde vor acht Tagen eine Witwe, nachdem sie ihren ersten Mann, den Supercargo, am dritten Tage ihrer Ehe schon verloren." – „Ja, lieber Bruder"; heulte Bertrande mit widerlichem Schluchzen: „der gute Renard, den ich unter Zwanzigen gewählt, die sich um mein Herz bewarben, ertrank im Hafen, kaum 30 Jahre alt." – „O wärest du ihm gefolgt bis auf des Meeres Grund", zürnte Victor, mit der Faust drohend, „Abschaum deines Geschlechts! Die Tugend muß sterben, und Krüppel an Leib und Seele tanzen auf ihrem Grabe den Brautreigen! Welch' ein Babylon ist diese Stadt geworden, wo man solche Ehen heiligen kann!" – „Packe dich, Abscheulicher!" geiferte Bertrande, kaum vor Wut verständlich: „Lästere nicht was der Pfarrer segnete, und die Schöppen gutheißen. Viele Hunderte wurden kopuliert wie ich, weil keine Zeit zu verlieren ist, und derjenige vielleicht schon morgen stirbt, der sich heute gesund ins Bett legt. Ich bin ehrlich verheiratet, du Verleumder, lebe nicht in wilder Ehe, wie deine saubere Base Clemence, werde ehrliche Kinder haben, und nicht Bastarde, wie die verzärtelte Rosa; darum hat auch der Drache schon alle geholt: die lockere Clemence, den Schandfleck Rousoun, und die liederliche Hehlerin Gouthoun obendrein. Dies zum Bescheid, und laufe so weit du magst; wer die Saite zu stramm anzieht, zerreißt sie."

Das Hohngelächter, womit Bertrande und Roqualin das Fenster zuschlugen, jagte den Bruder nicht in die Flucht, wohl aber tat es der entsetzliche Schrecken, der sich seiner bemächtigte. Ungewissen Schritts, mit vorwärts-hängendem Haupte taumelte er fort, und fiel halb be-wußtlos in die Arme eines daherkommenden Mannes, in welchem er einen Gefährten seiner Jugendzeit erkannte. – „Ich habe alles verloren, lieber Guy"; sagte er unendlich weich, und klammerte sich an den Freund: „Tu' mir nur eines zu Gefallen; zeige mir das Grab meines Vaters, wenn du es weißt." Guy seufzte tief, und versetzte mit Tränen kämpfend: „Er war ein braver Mann. Laß uns zusammen gehen, hinter St. Paul ist eine weite Grube gemacht wor-den, und darinnen liegen neben den Resten deines Vaters auch die Gebeine meiner Eltern. Wir wollen dort ein Va-terunser beten."

Sie gingen zusammen fort, und kamen bald in die Nähe des bezeichneten Platzes. Bei dessen Eingang stürzte ihnen ein Haufe Volks mit verstörten Gesichtern entgegen, und aus dem Munde dieser Menschen tönte der gräßliche Ruf: „Weh uns! Das Jüngste Gericht! Die Toten stehen auf!"

Entsetzlicher Anblick! Die ganze Oberfläche der weiten nachlässig zugeworfenen Grube war geborsten, und drohte, ihren gräßlichen Inhalt wieder an das Tageslicht zu speien. Es war ein Schauspiel, wie es im Tale Josaphat verheißen wird. – Mit abergläubischem Schrecken rannte der Pöbel von dannen, und der Schöppe Moustier, der mit einem Trupp Raben herbeikam, bedurfte aller Geistesgegenwart, und seines vollen Muts, um diese schaudernden Tagelöhner des Todes anzueifern, dem Grabe seine Beute wieder aufzudringen. Selbst schwang er die Hacke, eigenhändig führte er die Schaufel, und seinem Beispiele folgten die Knechte, und bezwangen die rebellische Gruft, während auf andern Punkten der Stadt das Volk, wütend ob der Widersetzlichkeit der Priester, die Pforten der Tempel sprengte, ihre Gewölbe aufriß, und dieselben gerüttelt voll mit Leichen füllte, die bisher unbegraben auf der Straße verwesten.

Victor sah nicht mehr, wie die Gebeine seines Vaters gewaltsam in den Schoß der Erde zu rückgedrängt wurden, Guy riß ihn mit sich fort, und nach dem Corso eilten beide in lautloser Verzweiflung.

9.

In der Nähe des Stadthauses saßen auf dem vorspringenden Gestade mehrere Männer, ruhten aus vom harten Tagewerk, und verzehrten behaglich das frugale Vesperbrot. Zugleich flüsterten sie zusammen vertraulich, und ihre schmunzelnden Mienen verrieten, daß ihre geheime Verhandlung keine unangenehme war. Sie steckten in reputierlichen Kleidern, und weil sogar der Kettenring am Beine fehlte, so ließ nur noch der glattgeschorene Kopf, worauf die Haare erst wieder dünn und spärlich keimten, erkennen, daß sie einst dem Bagno angehört. Die Seele dieser kleinen Versammlung von ehrlich gewordenen Schelmen, denen man Begnadigung und völlige Freiheit versprochen zum Lohne ihrer Dienste, war Raoul, dessen Scharfsinn und Gewandtheit im Galeerenhause längst zum Sprichwort geworden war. – Mit geheimnisvollem Gesicht schüttelte er, am Schluß der Konferenz, dem Kleeblatt seiner Gefährten die Hände, und sagte: „Es bleibt dabei, wackere Gesellen. Um die bestimmte Stunde am bestimmten Platze. Geht jetzt wieder an eure Geschäfte, so wie ich zum Rapport. Auf Wiedersehen." – Die Helden des Bagno entfernten sich, und Raoul, dessen Vorzüge, auch von den Schöppen gewürdigt, ihn zum Inspektor seiner Gefährten erhoben hatten, wanderte gravitätisch dem Rathause zu, und stutzte nicht wenig, da aus einem Winkel der Börse Malatesta ihm entgegentrat, blaß, zerlumpt, mit langgewachsenem Barte. „Sieh da! Woher? Ich glaubte Euch über alle Berge oder schon im Bauch der Erde." – „Ach Raoul, leider leb' ich noch. Doch trage ich länger mein Elend nicht." – „Seltsamer Wechsel des Geschicks. Ihr wart ein lockerer Wüstling, reich an Geld und Beredsamkeit, und ich Euer gehorsamer Diener. Ihr ließt mich in der Not stecken, und hattet mich vergessen, so lange ich des Königs Zwieback aß. Heute aber kommt mir's vor, als ob der schlechte Galeerensklave mit dem reichen Kaufmannssohn aus Genua nicht tauschen möchte. Doch Spaß beiseite. Ich bin ein guter Kerl, vergesse Beleidigungen leicht, habe Euch nicht verraten, da uns der Zufall wieder zusammenführte, würde Euch sogar noch gerne dienen. Sagt mir nur geschwinde, wo Ihr hingekommen wart, verschwunden, wie ein Gespenst vorm Hahnenschrei?" – „Dem Gefängnis zu entfliehen, dir mißtrauend, entfernte ich mich heimlich von den Raben. Ich kroch durch alle Winkel der Stadt, mein unglücklich verlorenes Kind zu suchen. Die Sehnsucht nach diesem lieben Wesen, die heißeste Vaterliebe, hatte mich bewogen, den Boden von Marseille zu betreten, wo meiner harte Strafe wartete. Clemence wiederzusehen, konnte ich nicht wagen. Ich hatte aufgehört, sie zu lieben, da ich beschlossen, sie zu betrügen, und das Unrecht, das wir an einem Menschen verüben, der uns einst wert gewesen, macht uns zu einem unversöhnlicheren Feinde, als wenn wir von ihm einen Schimpf erduldet hätten. Aber das Kind wollte ich, ich setzte alles daran, es zu erobern. Die Gefahr der Reise, die lange Quarantäne, der ich unterlag, weil ich mit dem Kapitän Chataud eingetroffen, das lästige Inkognito, das ich beobachten mußte, das langwierige Spionieren, unterbrochen durch die Reise, die Clemence und Rosa aus Marseille entfernten, das ekle Possenspiel, das ich mit jener Närrin trieb, deren Lüsternheit mir endlich den ersehnten Schatz überlieferte... all' dieses schreckte mich nicht ab; ich fürchtete weniger die Pest, als meinen Plan vereitelt zu sehen. Aber das Schicksal entriß mir, was ich kaum erobert, und nirgends fand ich wieder den Diener, nirgends eine Spur des verlorenen Kindes. Da führt mich mein scheuer Fuß über einen Platz, wo mitten unter

Sterbenden ein Galgen aufgerichtet steht; just zieht man einen Jüngling die Leiter hinauf, und das spärlich versammelte Volk schreit wütend: „Das ist ein Mörder!" Ich schaue hinan, erkenne mit Staunen den Sohn meines Wirtes, und das Staunen wandelt sich in Bestürzung, als der junge Mensch die gebundenen Hände erhebt, auf mich deutet, und schreit: „Bin ich ein Mörder, so trägt dieser die Schuld; der hat die Pest in meines Vaters Haus gebracht." Kaum hatte er ausgeredet, als schon der Henker ihn von der Leiter warf, aufs Genick hin sprang, und ihn erwürgte. Aber schon standen hagere scheußliche Gestalten um mich her, packten mich mit dürren Krallen, beschuldigten mich mit heißerer Stimme, die Seuche eingeschleppt zu haben, forderten mein Blut, krächzten mein Totenlied. Dem Kommissar, der über den Jüngling, dessen Worte mir heute noch ein Rätsel sind, das Blutgericht gehalten, verdanke ich mein Leben. Er ließ mich zu meiner Sicherheit in den Turm bringen, aber er vergaß mich dort, und ist selber während dieser Zeit gestorben. Heute öffnete mir der Kerkermeister die Pforte des Turms, weil er mich nicht mehr zu ernähren vermochte, weil keine Klage wider mich vorhanden, weil kein Tribunal mehr existiert, als das Standrecht der Schöppen, die mit Galgen alle Straßen zierten, und auf frischer Tat das Urteil sprechen. Ermesse nun mein Unglück. In Lumpen gehüllt, ohne einen Heller Geldes, ohne irgendeine Habe, verfalle ich dem Hungertode. Keine Rettung, nirgends die kleinste Barke, die mich um Gotteswillen nach der Heimat führte; alle Schiffe fliehen den verpesteten Hafen, und meine einzige Hoffnung ist, bald der Geißel zu unterliegen, die schon meinen

Knecht, mein Kind dahinraffte, oder in den Wellen mein Grab zu suchen."

Raoul betrachtete seinen ehemaligen Herrn mit der Teilnahme eines durchtriebenen Schlaukopfs, und versetzte nach kurzem Bedenken: „Es ist Euch vergolten worden, was Ihr an mir verbrochen. Darum faßt Mut: Ich will helfen. In dem greulichen Durcheinander, das hier an der Tagesordnung ist, pflückt ein herzhafter Mann reife, saftige Früchte. Ich und mehrere meiner Kameraden, wir haben ein Gewerbe unter der Hand eingerichtet, das seinen Mann nährt. Tretet bei, Ihr habt schon eine gute Vorschule bei den Raben gemacht. Marseille zählt jetzt nur Tote oder Erben in seinen Mauern. Auch wir wollen erben, haben wir gleich keine Verwandte. In unsern Mußestunden ziehen wir die Gelder ein, die von saumseligen Nachkommen noch nicht erhoben wurden. Gold ist die Hauptsache, schafft uns Nahrung, Obdach, Schutz vor der Pest, Gelegenheit zum Entkommen, vielleicht eine sorgenfreie Zukunft." – „Recht, wackerer Raoul. Ich fühle mich zum Räuber aufgelegt, und reiche dir die Hand." – „So folgt mir noch diese Nacht auf eine Expedition, welche viel verspricht. Ich saß vorgestern im Spital an dem Sterbelager eines alten Mannes, der schon lange, gelähmt an allen Gliedern und sprachlos, seinem Ende entgegenseufzte. Wenige Augenblicke vor dem letzten Seufzer vermochte er ein paar Worte zu stammeln, mit welchen er mir ein Haus beschrieb, und mir zugleich einen Schlüssel auslieferte, der seinen Mammon auftun soll. Der Schlüssel gehöre seinem Sohne, gab er zu verstehen, und der Name dieses Sohnes starb auf seinen Lippen, unmittelbar darauf der ganze Papa. Doch weiß ich das Haus, besitze den Schlüssel, und hätte alsogleich den Schatz gehoben, ohne viel nach dem rechtmäßigen Herrn umzufragen, wäre nicht bis heute der Dienst an mir gewesen. Aber diese Nacht... wenn Ihr wollt... Ihr seid eingeladen, und in der Straße Canebiere wollen wir uns treffen, sobald es dunkelt."

10.

Der kühle Tau der Nacht hatte sich eingestellt, und frostiger Hauch des Windes spielte mit den Blättern der Bäume auf dem Corso, mit den Segeltüchern, die man hin und wieder über diese Straße gespannt hatte, um die Kranken zu schirmen, welche hier, wie in allen Gegenden der Stadt, ihr wüstes Lager aufgeschlagen. Die Feuer an den Ecken waren im Erlöschen begriffen, hie und da brannte eine Pechpfanne, und beleuchtete mit ihrem falben Scheine die traurigen verstummenden Gruppen rings umher, und die ernsten Gesichter der Toten, die, an den Häusern sitzend, das Leben verlassen hatten, und nun vor sich hinstarrten, gleichsam in tiefe Betrachtungen verloren. – Unbeweglich, wie diese marmorkalten Leiber lehnte unter dem Vorsprung eines Palastes der bleiche Victor, und Guy bemühte sich umsonst ihn von der Stelle zu locken. Victor antwortete stets: „Laß mich. Hier ist die Schule des Todes, der mir alles raubt. Ich will vertraut mit ihm werden. In meines Lebens Kraft hab' ich nie an ihn geglaubt. Nun denke ich anders; es mag nicht so schwer sein, dem Erlöser zu folgen." – „Bist du ein Mann, Victor? Laß diese Gedanken, folge mir in meine Wohnung, sei mein Gast." – „Ich tue das nicht, aber ich will dir Vertrauen beweisen, wie einem Gastfreund. Nimm diese Brieftasche, schwer von italienischen Wechseln, die ich meinem Vater überbringen sollte, da meine Geschäfte glücklich ausfielen. Bewahre das Geld, und findest du mich morgen an dieser Stelle tot, wie jene guten Leute um uns her, so behalte das anvertraute Gut als dein Eigentum. Ich habe jetzt niemand mehr auf dieser Welt, der mir teurer wäre als du, und meine schamlose Schwester hat schon hinlänglich für sich gesorgt." – „Behalte doch dein Geld und schweige mit der schauerlichen Vorbereitung. Was willst du beginnen, verzagter Steuermann? Komm!"

Guy faßte den Freund beherzt an, Victors Gewand schlug sich auseinander, und Guy berührte den Kolben einer Pistole, die von der Reise her in Victors Gürtel steckte. „Ich errate"; fuhr Guy bebend fort: „du willst dich umbringen, schäme dich." – „Warum? das Leben ist mir zum Ekel geworden, wenn ich mein Schiff auf den Strand laufen lasse, um es zu zerschellen, willst du es wehren? – „Ich muß. Sei kein Tor, behalte dein Geld, sage ich, und gib mir die gefährliche Waffe."

Ein Trupp von Menschen, mit Lichtern in den Händen, kam eilfertig herbei, und hielt vor dem Palaste still. Der eine fragte: „Ist dieses wohl das Haus, wo die Frau des Hafenaufsehers ihre Niederkunft erwartet?" – „Gewiß, es ist's", antwortete ein anderer. – „So laßt uns keinen Augenblick verlieren"; sagten die übrigen, und stürmten in das Innere des Palastes. Nur der letzte der jungen Leute verweilte noch, zündete seine ausgelöschte Kerze an der Pechpfanne wieder an, und Guy sprach halblaut zu dem Freunde: „Das ist dein Vetter Maximin." – Maximin hörte

diese Worte und fragte barsch, näher leuchtend: „Wer da?"
– „Gut Freund"; versetzte Guy. – „Der Teufel auch!" fügte
Victor auflodernd hinzu: „Geh deiner Wege, Dinart. Hier
steht dein Vetter Foulques." – Guy, der eine heftige Szene
zwischen den feindlichen Vettern befürchtete, wollte sich
ins Mittel legen, er schwieg jedoch verwundert stille, da er
hörte, wie Maximin ganz sanftmütig, aber mit der dump-
fen Stimme eines Wüstenheiligen sagte: „Sei gegrüßt im
Namen der heiligsten Mutter Gottes, liebster Vetter. Wahrlich, bevor ich sterbe, will ich mich mit allen meinen
Feinden versöhnen. Der Sand verrinnt; über ein kurzes
dürfte es nicht mehr an der Zeit sein, Vergebung zu
erhalten." – „Was soll das, Maximin Dinart? Ich kenne dich
nicht mehr. Hat dich böse Seuche zum Betbruder gemacht?" „Schmähe mich, wie du willst; aber die Gnade des
Himmels hat mich bekehrt." – „Laß mich zufrieden; wie
hätte Gottes Stimme den Weg zu deinen Gelagen, zu deinen Buhlwinkeln gefunden?" – „Ach, ich war ein arger
Sünder, guter Vetter. Die üppige Karoline war mir teurer
als mein Seelenheil. Aber... ich sah, wie sie starb, just beim
Gastmahl der Freude, den Becher der Wollust an den
Lippen... Noch zittere ich, wenn ich jener Stunde gedenke...
Ich verließ den Pfad des Lasters, um heiligere Pflichten zu
üben." – „Pflichten? Welche Pflichten hast du je geübt? Du
warst ein arger Bursche, aber markig in deinem Kerne,
stark und kräftig... Ich freute mich deiner Männlichkeit,
wenn ich dich auch haßte; jetzt verachte ich in dir den
Heuchler." – „Du schmähest mich mit Unrecht, geliebter
Victor", schluchzte Maximin, und streckte ihm wehmütig
die Hand hin: „Die Seelen der unschuldigen Kindlein, die

ich seither dem Himmel rettete, mögen sie für mich zeugen." – „Wie?" rief Guy bewegt und erschrocken: „Herr, gehört Ihr denn zu den wilden Täufern, die das Bett der hilflosen Wöchnerinnen belagern, dem kaum geborenen Kinde abergläubisch das Sakrament aufdringen, und dann Mutter und Säugling grausam verlassen?" – „Wir rühmen uns dessen, die Welt geht unter, kein neues Geschlecht wird aufwachsen, doch sollen die unschuldigen Kinder als Christen zum Himmel fahren, und weil die Priester mangeln, tun wir um unserer Sünden willen der Priester Pflicht." – „Hättest du früher deine Pflichten beobachtet, Unseliger!" zürnte Victor. „Wenn dein Gewissen dich quält, so hast du's an Clemence und ihrem Kinde verschuldet." – „Freilich quält mich dieses Bewußtsein, doch trag ich diesen Frevel nicht allein. Mein Vater, meine Mutter..." – „Beschuldige deine Eltern nicht. Wo ist dein Vater?" – „Ich hörte, daß er gestorben sei." – „Wo deine Mutter?" – „Kaum erstand sie von der Pest." – „Und Clemence, Elender? Rosa, ihr Kind? Kann deine Reue je diese teuren Gräber wieder öffnen?" – „Du bist im Irrtum, lieber Vetter. Clemence lebt, sie vergab mir, ich habe mich mit ihr versöhnt, und wenn die kleine Rosa im Himmel ist, so betet sie gewiß auch für mich." – „Heiligste Mutter vom Troste! Lügst du nicht, Maximin?" – „Bei meiner Buße, Clemence lebt, lebt in unserm Vaterhause, hat die Mutter vom Tode errettet, das Haus in ein Spital verwandelt, worinnen sie Tag und Nacht die ärmsten Kranken pflegt, unterstützt von ihrer alten Magd, von Ritter Roze, von unserem heiligen Bischof. Ich Ärmster konnte für die geduldige und mutige Trösterin leider nichts tun, als daß ich ihren Händen unser Hab und Gut uneingeschränkt überließ. Für meine Person ziemt sich jetzt nur Fasten, und ein Stücklein Brot ist mir ein Königsmahl."

„Clemence lebt?" jubelte Victor und warf sich entzückt an Maximins Brust. „Um dieser Heiligen willen sei auf ewig unser Haß getilgt. Unsere Väter sind nicht mehr; wir aber wollen über Clemence väterlich wachen! Gott sei Dank, Guy, noch eine Blume trägt für mich die Erde, noch eine Hoffnungsinsel steigt für mich aus dem schwarzen Meere. Ich will nicht sterben, Kamerad. Frischer Wind bläst in die Segel, ich spüre wieder in meiner wunden Hand die Kraft, das Steuer zu regieren!"

Maximins Begleiter kamen lärmend die Treppen herunter. „Wo bliebst du, geliebter Bruder?" riefen sie ihm zu: „Zwei Seelen gab es zu retten. Wir haben Zwillinge getauft, Ehre sei Gott in der Höhe! Die Wöchnerin starb, die Kindlein sind schwach, und werden der Mutter bald folgen, aber wir haben der Schlange den Kopf zertreten, die Erbsünde von den Unschuldigen getilgt, und die makellosen Engel bitten für uns an Gottes Throne!" – „Weiter, weiter" schrien alle im Chor, und rissen Maximin mit sich fort, der kaum noch seinem Vetter zuflüstern konnte: „Wir sehen uns wieder, lieber Bruder, hier oder dort!" „Hier! für uns ist noch nicht das Jenseits!" jauchzte Victor: „Clemence soll den Bund enger schlingen, der uns heut so plötzlich vereinte. Bist du mein Freund, Guy, so begleite mich zur Stunde nach Dinarts Hause. Müßte ich den Teufel der Pest selbst überwältigen, so muß ich dennoch sehen, ob Maximin log, ob er Wahrheit sprach.

11.

„Wir sind zur Stelle"; sagte Raoul heimlich zu einem Gefährten: „Hier ist das Haus; das Heiligenbild, die vorspringenden Gitter, der Balkon, alles trifft zu." –„Bei meiner Seele! das ist Dinarts Haus"; raunte ihm Malatesta in das Ohr: „Ein böses Zusammentreffen." – Raoul lachte höhnisch: „Warum? Ein gerechtes Schicksal im Gegenteil. Ihr beerbt Euren Schwiegervater; ohne Zweifel war der alte Sterbende Papa Dinart. Diente ich einst bei Eurer Trauung als Pfaffe, so will ich heute der Notar sein, der Euch die Mitgabe der Braut ausliefert."

Die Strauchdiebe schlichen die Stufen hinan, schoben die Kranken frech beiseite, die sich dort gebettet hatten, erstiegen vorsichtig die finstern Treppen, und öffneten die erste beste Türe, worauf sie stießen. Sie traten in ein ziemlich leeres Vorgemach, von einer Leuchte erhellt, wobei eine Frau halb schlummernd saß; neben ihr schlief ein krankes Weib im Bette. Die Wärterin fuhr zusammen, da sie plötzlich fünf Männer vor sich stehen sah, vermummt bis an die Zähne, schwarze Larven vor den Gesichtern. „Keinen Laut, Elende, sagte Raoul mit gedämpfter Stimme, „oder du bist des Todes. Sag' an: wo ist das Kabinett des verstorbenen Herrn dieses Hauses? Wir lohnen dir reichlich." – Das Weib zauderte einen Augenblick, endlich rief es aus voller Kehle: „Hilfe! Mörder!" Raoul rannte mit geschwungenem Messer auf die Schreiende zu, aber der Rächer folgte den Verbrechern auf dem Fuße. Victor und Guy stürzten in die Stube, der erstere schoß unter das Gesindel und Malatesta fiel zu Boden. Die übrigen entsprangen, die aufwachende Kranke schrie, Clemence trat in die Türe, die in das Innere des Hauses führte. Sie erschrak heftig vor dem Anblick des Mannes, der in seinem Blute schwamm, sein Gesicht, dem die Larve entfallen, mühsam emporrichtend. Clemence erkannte nur allzuwohl dieses bleiche Antlitz, und stammelte, auf Margarethes Schulter gestützt; „Welch' ein Unglück!" Zugleich stand jedoch Victor vor ihr, schüttelte ihre Hand, vor Tränen stumm, und an seine Brust lehnte sich Clemence, und ihre Lippen flüsterten: „Welch" ein Glück !"

Bald füllte eine Menge von Menschen das Gemach. Der Bischof, der seine nächtliche Runde in den Häusern des Siechtums machte, die Pariser Ärzte, die vom Regenten gesendet, den Fußstapfen des ehrwürdigen Prälaten folgten, mehrere von den Gesundheitskommissarien der Stadt, die Brüderschaft der Täufer, Maximin an ihrer Spitze, wurden Zeugen dieses Auftritts. – Malatesta lag dahingestreckt in den Schauern des Todes, doch wollte sein brechendes Auge von Clemence nicht weichen, und nach der mißhandelten Mutter seines Kindes streckte sich seine ermattete Hand aus. Maximin rief Malatestas Namen laut, und alle Einwohner von Marseille, die umherstanden, wiederholten die Geschichte seiner Freveltat. Der Bischof, ein eifriger Diener der Kirche, beugte sich zu dem Verabscheuten herab, vernahm die Beichte aus dessen blassem Munde, tröstete ihn mit barmherziger Milde, munterte ihn auf, wenngleich im letzten Augenblicke, sein Unrecht gutzumachen, der betrogenen Geliebten die Ehre wiederzuschenken. Malatesta nickte stumm, der Bischof selbst gab den Trauring. Victor, mit Grimm und Freude im Herzen, führte die schluchzende Braut, die alsobald Witwe werden sollte, dem sterbenden Bräutigam zu, den seine Hand zum Tode verwundet. Der Bischof sprach feierlichst den Segen, und Malatesta röchelte, als die Stola seine und Clemence's Hand umwunden: „Vergib, armes Weib... dein Kind..." Seine Augen starrten gen Himmel und sein Atem blieb aus. Das Geheimnis seiner Mitschuldigen bei dem nächtlichen Raubzuge starb mit ihm. Agathe, die kranke, der Pest erstandene, aber an ihren Sinnen auf ewig abgestumpfte Frau, umarmte glückwünschend ihre Tochter, Maximin pries das Geschick seiner Schwester, die nun eine ehrliche Gattin geworden, aber die trauernde Clemence flüchtete sich zu Victor und flüsterte: „Welch' eine Stunde! Armer Victor... dein Vater! ..." – Victor antwortete düster: „Traure mit mir, so wie ich mit dir klagen will, arme Mutter, um dein Kind!"

Um dieselbe Stunde ungefähr brachen auch in das Haus der Familie Foulques verwegene Diebe ein, erklimmten die Treppe, und fingen einen Mann auf, der voll Bestürzung durch Nacht und Nebel in ihre Hände rannte. „Laßt mich, gute Freunde!" rief er in Verstörung: „Ich bin dieses Hauses Diener, und eile nach einem Arzte, weil Madame Roqualin plötzlich erkrankte!" – „Lauf zu!" antworteten die Schelme: „Wir wollen schon der Frau die letzte Ölung geben." Der Mann ließ sich nicht lange bitten, und die Spitzbuben drangen in das Schlafgemach. Die harten Räuber erwartete dort das Entsetzen. Auf dem Boden ausgestreckt, gräßlich entstellt von Wunden, lag Bertrande. Neben ihr stand die Lampe, Schränke und Kästen waren offen. Mit den Kleinodien der erwürgten Törin hatte Roqualin, der Mörder, die Flucht ergriffen, aber vor dem Hause geriet er in die Stricke einer Patrouille, und gleich darauf hatten die Räuber, die voll panischen Schreckens zurückkamen, dasselbe Schicksal.

12.

Gleich am nächsten Morgen wurde nach den Befehlen des neuen Gouverneurs Langeron, mit welchem wieder Ordnung und bessere Verwaltung in die Stadt zurückkehrte, über den schändlichen Roqualin und die mit ihm gefangenen Diebe Standrecht gehalten, das Todesurteil ohne Säumen an ihnen vollzogen. Der Verwalter des Hauses, worinnen die unglücklichen Waisen der Pestopfer versammelt worden waren, ein verworfener habsüchtiger Mensch, war der Anführer jener Spitzbuben gewesen. Von seinem Gewissen gepeinigt bekannte er, schon auf der Leiter, wie durch seinen Geiz und seine Mißhandlungen gar viele der ihm anvertrauten Kinder zugrunde gegangen seien. Die Schöppen sendeten Kommissarien in das Hospiz, viel Volk begleitete dieselben, darunter Victor, getrieben von freudiger Hoffnung, von geheimnisvoller Ahnung. Er überließ Bertrandes Leiche fremden Mietlingen, wie auch das unselige Weib Zeit seines Lebens eine Fremde im Vaterhause gewesen, und betrat mit spähenden Blicken das neugeschaffene, furchtbar schnell bevölkerte, und dennoch bereits gräßlich verödete Waisenhaus. Der Verbrecher hatte nicht zur Hälfte die Greuel angegeben, welche hier verübt worden. Von 3.000 Kindern, die seiner Obhut übergeben waren, lebten kaum noch 500, und diese glichen, halbverhungert, Gespenstern mehr, als lebenden Wesen. Eine solche kleine hagere Gestalt, kaum wankend

noch auf ihren Füßchen, zupfte leise den umherfor-
schenden Victor am Kleide. Das Kind war zu ohnmächtig,
um zu weinen, Hunger und stumme Angst sprachen nur
aus den hohlen Augen. Sein Anblick erschütterte Victors
Seele wie ein bitterer Dolchstoß, belebte ihn zugleich wie
das freudigste Entzücken. „Rousoun!" schrie er außer sich,
riß das arme Kind empor, trug es wie ein Kleinod aus dem
scheußlichen Grabe, legte es, das schönste Hochzeitge-
schenk, in den Schoß der bräutlichen Witwe, in die Arme
der alten Margarethe, die schon beinahe verzweifelt wäre
um des Kindes willen, obschon Clemence längst die treue
Dienerin von aller Schuld in ihrem Edelmute freigespro-
chen. Der Leiden Übermaß hatte Clemence mit helden-
mütiger Fassung ertragen, es verschmerzt mit der Pflege
ihrer Nebenmenschen beschäftigt; die jähe Freude wäre
bald ihr Tod gewesen, und, wie sie durch Liebe allein so
vieler Menschen Leben gerettet, so verdankte sie ihr
eigenes Leben wieder nur der Liebe.

40.000 Menschen waren in der Stadt gestorben. Endlich
nahm die furchtbare Pest ab, selbst erlahmend, nicht
bezwungen von irgendeiner Arznei. Reiche waren arm,
Arme reich geworden, in jedem Hause saßen weinende
oder lachende Erben. Ruhe kehrte nach und nach wieder,
und die Gesetze wurden wieder geheiligt. So mancher
Tugendhafte, so mancher Bösewicht war von der Welt
geschieden während des unseligen Zwischenreichs der
Willkür und des Elends; auch Raoul schlummerte schon

geraume Zeit in den Gewölben der Bastionen von la Tourette, in deren Tiefen der kühne Roze an einem Tage 3.000 Leichname stürzen ließ, welche, dort aufgehäuft am Sonnenlicht, die Luft vergifteten. – Die Straßen wurden wieder lebendig, gereinigt und gesäubert, die Kaufläden öffneten sich aufs neue, fremde Schiffe liefen in den befreiten Hafen ein. Endlich schlossen auch die Grafen von St. Victor ihre Pforten auf, und sangen ein *Te Deum*, weil der Herr ihr Haus vor allen bewahrt. – Am nämlichen Tage stand in der Domkirche Clemence mit ihrem Vetter vor dem Altar, vertauschte den Namen Malatesta mit dem Namen Foulques. Agathe und Maximin waren zugegen, doch der lieblichste Zeuge bei der Trauung war die kleine Rosa, frisch blühend, wie ein Engel, herablächelnd von Margarethes Arme. – Kaum war die Zeremonie vorüber, als auch Foulques mit den Seinigen den Wagen bestieg, der sie nach Lyon bringen sollte, in dessen Schoße alle hofften, die schweren Leiden zu vergessen, die sie mit bekümmertem Auge angesehen. – Als die Reisenden während der Fahrt sich einem großen Flusse näherten, fragte Rosa neugierig: „Wie heißt der Strom?" – „Die Rhone, mein Kind"; versetzte Margarethe, und schnell rief das Kind, seine Erinnerungen sammelnd und in die Hände klatschend: „Ach, liebe Gouthoun, erzähle mir doch noch einmal die schöne Geschichte vom Drachen zu Beaucaire!"

ENDE.

Zu dieser Ausgabe:

Der Text dieses Buches stammt aus dem Band:

Regenbogenstrahlen.

Erzählungen von C. Spindler. Zweiter Band. Stuttgart 1836.

Der Text wurde in die traditionelle deutsche Rechtschreibung
übertragen und sprachlich behutsam bearbeitet.